Contes

W0273017

Première de couverture : © BNF.
Deuxième de couverture : © Fototeca/Leemage.
Troisième de couverture : [h] © Collection Christophel ; [b] © Laurent Philippe/Fédéphoto.com.
Page 114 : © Rue des Archives/RDA.

Troisième de couverture : [h] *Mirror Mirror*, film réalisé par Tarsem Singh, 2012, avec Lily Collins (Blanche-Neige) et Julia Roberts (la reine) ; [b] *Blanche-Neige*, chorégraphie et mise en scène d'Angelin Preljocaj, Maison de la Danse, Lyon (24 septembre 2008), avec Nagisa Shirai (Blanche-Neige) et Céline Gallis (la reine). Costumes de Jean-Paul Gaultier.

© Éditions Gallimard, 1976, pour la traduction de Marthe Robert.
© Éditions Belin/Éditions Gallimard, 2012 pour l'introduction, les notes et le dossier pédagogique.
170 bis, boulevard du Montparnasse, 75680 Paris cedex 14

ISBN 978-2-7011-6164-8
ISSN 1958-0541

Le Code de la propriété intellectuelle n'autorise que « les copies ou reproductions strictement réservées à l'usage privé du copiste et non destinées à une utilisation collective » (article L. 122-5) ; il autorise également les courtes citations effectuées dans un but d'exemple ou d'illustration. En revanche « toute représentation ou reproduction intégrale ou partielle, sans le consentement de l'auteur ou de ses ayants droit ou ayants cause, est illicite » (article L. 122-4).
La loi 95-4 du 3 janvier 1994 a confié au CFC (Centre français de l'exploitation du droit de copie, 20, rue des Grands-Augustins, 75006 Paris) l'exclusivité de la gestion du droit de reprographie. Toute photocopie d'œuvres protégées, exécutée sans son accord préalable, constitue une contrefaçon sanctionnée par les articles 425 et suivants du Code pénal.

La pâte à papier utilisée pour la fabrication du papier de cet ouvrage provient de forêts certifiées et gérées durablement.

Imprimé en Espagne par Novoprint (Barcelone)
Dépôt légal : juin 2012 – N° d'édition : 70116164-04/novembre 2022

PEFC PEFC/14-38-00277

CLASSICOCOLLÈGE

Contes

JACOB ET WILHELM GRIMM

Traduction par Marthe Robert

Dossier par Audrey Fredon
Certifiée de lettres modernes
et Simon Koener
Certifié de lettres classiques

BELIN ■ GALLIMARD

Sommaire

Arrêt sur l'œuvre

Groupements de textes

Autour de l'œuvre

Fenêtres sur... 124

Introduction

Dès leur parution, entre 1812 et 1815, les *Contes de l'enfance et du foyer* connaissent un franc succès auprès du public allemand. Les frères Jacob et Wilhelm Grimm ont collecté ces récits populaires à travers toute l'Allemagne en se rendant chez les conteuses qui racontent ces histoires aux enfants, le soir, au coin du feu. Leur recueil sauve cette littérature orale de la disparition et de l'oubli. Aujourd'hui, ces contes «pour enfants» font partie du patrimoine littéraire et connaissent de nombreuses adaptations, notamment au cinéma.

Ce volume vous invite à relire les histoires de «Jeannot et Margot» ou de «Blancheneige», mais aussi à découvrir celles du «Diable aux trois cheveux d'or» et de «Jean Le Veinard». Plongez dans un univers aux apparences trompeuses, tantôt merveilleux, tantôt réaliste, souvent cruel et parfois léger, où mille dangers guettent les héros.

Le diable
aux trois cheveux d'or

Il était une fois une pauvre femme qui mit au monde un petit garçon, et comme il était né coiffé[1], on lui prédit qu'à l'âge de quatorze ans, il aurait pour épouse la fille du roi. Il advint[2] que bientôt après le roi se rendit au village, et personne ne savait que c'était le roi, et quand il demanda aux gens ce qu'il y avait de neuf, ils lui répondirent :

« Ces jours-ci il nous est né un enfant coiffé. Tout ce qu'un enfant de cette espèce entreprend[3] tourne à son avantage. D'ailleurs on lui a prédit qu'à l'âge de quatorze ans, il épouserait la fille du roi. »

Le roi, qui avait le cœur méchant et que la prophétie[4] mit en colère, alla trouver les parents, se donna l'air tout à fait aimable, et leur dit :

« Pauvres gens, confiez-moi votre enfant, je veux me charger de lui. »

Ils commencèrent par refuser, mais comme l'étranger leur offrait une grosse somme et qu'ils se disaient : « C'est un enfant de la chance, cela ne peut que tourner

1. Un enfant « né coiffé » est un enfant qui vient au monde entouré de tout ou partie de la poche de liquide amniotique. Au Moyen Âge, être « né coiffé » est signe de chance.
2. Il advint : il arriva.
3. Entreprend : fait.
4. Prophétie : prévision de l'avenir, d'événements futurs importants.

bien[1] pour lui », ils finirent par accepter et lui donnèrent l'enfant.

Le roi le mit dans une boîte et partit à cheval avec lui, jusqu'au bord d'une eau profonde. Alors il y jeta la boîte en se disant :

« J'ai débarrassé ma fille de ce prétendant[2] inattendu. »

Mais la boîte n'alla pas au fond, elle vogua comme un petit bateau et pas une goutte d'eau ne pénétra à l'intérieur. Elle navigua ainsi jusqu'à deux lieues[3] de la capitale du roi, où se trouvait un moulin, au barrage duquel elle resta accrochée. Un jeune meunier[4], qui heureusement se trouvait là et l'aperçut, la tira à lui à l'aide d'un harpon et crut avoir trouvé de grands trésors, mais quand il l'ouvrit, il n'y vit qu'un beau poupon[5], tout frais et dispos[6]. Il l'apporta aux maîtres du moulin, et comme ceux-ci n'avaient pas d'enfants, ils s'en réjouirent et dirent :

« C'est Dieu qui nous l'a donné. »

Ils prirent bien soin de l'enfant trouvé, et il grandit orné de toutes les vertus[7].

Il arriva qu'un jour d'orage, le roi entra au moulin et demanda aux meuniers si ce grand garçon était leur fils.

« Non, dirent-ils, C'est un enfant trouvé, il y a quatorze ans de cela, il est arrivé dans une boîte jusqu'à notre barrage et notre apprenti[8] l'a tiré de l'eau. »

---

1. **Tourner bien** : réussir.
2. **Prétendant** : amoureux, celui qui cherche à épouser.
3. **Lieues** : anciennes unités de distance (1 lieue = 4 kilomètres environ).
4. **Meunier** : personne qui s'occupe d'un moulin.
5. **Poupon** : bébé.
6. **Frais et dispos** : en bonne forme physique et morale.
7. **Orné de toutes les vertus** : qui possède toutes les qualités morales.
8. **Apprenti** : jeune garçon qui apprend un métier.

Le roi vit alors qu'il ne pouvait s'agir que de l'enfant né coiffé qu'il avait jeté à la rivière.

« Braves gens, dit-il, ce jeune homme ne pourrait-il porter une lettre à Madame la Reine, je lui donnerai deux pièces d'or pour sa peine[1].

– À vos ordres, Sire », répondirent-ils et ils dirent au jeune garçon de se tenir prêt.

Alors le roi écrivit à la reine un billet où il était dit :

« Dès que le porteur de cette missive[2] arrivera, il devra être tué et enterré. Et tout cela avant mon retour. »

Le garçon se mit en route avec la lettre, mais il s'égara et arriva le soir dans une grande forêt. Dans l'obscurité il vit une petite lumière, se dirigea vers elle et arriva à une petite chaumière[3]. Au moment où il entra, une vieille femme était assise toute seule près du feu. En l'apercevant, elle fut effrayée et dit :

« D'où viens-tu et où vas-tu ?

– Je viens du moulin, dit-il, et je vais chez la reine à qui je dois porter une lettre. Mais comme je me suis perdu dans le bois, je voudrais bien passer la nuit ici.

– Pauvre enfant, tu es tombé dans un repaire de brigands et quand ils rentreront, ils te tueront.

– Vienne qui voudra, dit le garçon, je n'ai pas peur : mais je suis si fatigué que je ne peux pas aller plus loin. »

Il s'étendit sur un banc et s'endormit. Peu après les brigands rentrèrent et demandèrent avec colère qui était cet étranger.

---

1. **Peine** : travail, tâche.
2. **Missive** : lettre.
3. **Chaumière** : petite maison.

« Ah, dit la vieille, c'est un enfant innocent, il s'est égaré dans la forêt et je l'ai recueilli par pitié. Il doit porter une lettre à la reine. »

Les voleurs décachetèrent[1] la lettre, ils la lurent et il y était dit qu'aussitôt arrivé, le garçon devait être tué. Alors les brigands au cœur dur furent pris de pitié, leur chef déchira la lettre et en écrivit une autre où l'on disait que dès son arrivée, le jeune garçon devrait être marié avec la fille du roi. Puis ils le laissèrent dormir tranquille sur son banc jusqu'au lendemain matin et quand il se réveilla, ils lui donnèrent la lettre et le remirent dans le bon chemin. Mais quand la reine eut reçu et lu le billet, elle fit comme on lui disait, ordonna de préparer une grande fête, et la fille du roi épousa le garçon né coiffé.

Quelque temps après, le roi rentra au château, il vit que la prédiction s'était accomplie et que le favori de la fortune[2] avait épousé sa fille :

« Comment cela est-il arrivé ? demanda-t-il, l'ordre que je donnais dans ma lettre était tout différent. »

Alors la reine lui tendit le billet[3] et lui dit de lire lui-même ce qu'il y avait dedans. Le roi le lut et comprit que le sien avait été échangé contre un autre. Il demanda au jeune homme ce qu'il avait fait de la lettre qu'il lui avait confiée et pourquoi il en avait apporté une autre à la place.

« Je n'en sais rien, répondit-il, elle a dû être échangée pendant la nuit que j'ai passée dans le bois. »

Au comble de[4] la colère, le roi dit :

---

1. **Décachetèrent** : ouvrirent.
2. **Le favori de la fortune** : le préféré du destin.
3. **Billet** : petit mot, message bref.
4. **Au comble de** : au maximum de.

« Ça ne se passera pas comme ça, celui qui veut avoir ma fille doit aller en enfer me chercher trois cheveux d'or de la tête du diable ; si tu me rapportes ce que je te demande, tu pourras garder ma fille. »

Le roi espérait qu'ainsi il serait débarrassé de lui à tout jamais. Mais l'enfant né coiffé répondit :

« J'irai bien chercher les trois cheveux d'or, je n'ai pas peur du diable. »

Là-dessus[1] il fit ses adieux et entreprit son voyage.

Son chemin le conduisit à la porte d'une grande ville, où le gardien lui demanda à quel métier il s'entendait[2] et ce qu'il savait :

« Je sais tout, répondit le favori de la fortune.

– En ce cas, dit le gardien, tu peux nous rendre un service en nous disant pourquoi la fontaine de notre marché, d'où le vin jaillissait d'ordinaire, s'est tarie[3] et ne donne même plus d'eau.

– Vous le saurez, répondit-il, attendez seulement mon retour. »

Puis il continua son chemin et arriva à la porte d'une autre ville où le gardien lui demanda de nouveau à quel métier il s'entendait et ce qu'il savait.

« Je sais tout, répondit-il.

– En ce cas tu peux nous rendre un service en nous disant pourquoi un arbre de notre ville qui d'habitude donnait des pommes d'or ne porte même plus de feuilles à présent.

– Vous le saurez, répondit-il, attendez seulement mon retour. »

---

1. **Là-dessus** : juste après.
2. **À quel métier il s'entendait** : quel métier il connaissait.
3. **S'est tarie** : a cessé de couler.

Puis il continua son chemin et arriva au bord d'une grande rivière qu'il lui fallait traverser. Le passeur lui demanda à quel métier il s'entendait et ce qu'il savait :

« Je sais tout, répondit-il.

– En ce cas tu peux me rendre un service, dit le passeur, en me disant pourquoi je dois naviguer continuellement d'une rive à l'autre sans être jamais relayé[1].

– Tu le sauras, répondit-il, attends seulement mon retour. »

Quand il eut passé l'eau, il trouva l'entrée de l'enfer. L'intérieur était noir et plein de suie[2], le diable n'était pas à la maison, mais sa grand-mère était là, assise dans un vaste fauteuil.

« Que veux-tu ? lui dit-elle, mais elle n'avait pas l'air bien méchant.

– Je voudrais trois cheveux d'or de la tête du diable, dit-il, sans quoi je ne pourrai pas garder ma femme.

– C'est beaucoup demander, dit-elle, si le diable te trouve en rentrant, tu risques ta peau, mais tu me fais pitié, je vais voir à[3] te venir en aide. »

Elle le changea en fourmi et lui dit :

« Fourre-toi dans les plis de ma jupe, tu y seras en sûreté.

– Bon, dit-il, mais je voudrais encore savoir trois choses : pourquoi une fontaine d'où le vin jaillissait d'ordinaire s'est tarie et ne donne même plus d'eau, pourquoi un arbre qui d'habitude donnait des pommes d'or ne porte même plus de feuilles, et pourquoi un passeur doit faire la navette sans cesse d'une rive à l'autre sans jamais être relayé.

---

1. **Relayé** : remplacé dans son travail.
2. **Suie** : dépôt noir et épais causé par la fumée.
3. **Je vais voir à** : je vais faire en sorte de.

– Ce sont des questions difficiles, dit-elle, mais tiens-toi tout à fait coi[1] et fais attention à ce que le diable dira quand je lui arracherai les trois cheveux d'or. »

Le soir venu, le diable rentra chez lui. À peine eut-il mis le pied dans la maison qu'il s'aperçut que l'air n'était pas pur.

« Je sens, je sens la chair humaine, dit-il, il y a quelque chose de louche par ici. »

Puis il regarda et chercha dans tous les coins, mais il ne put rien trouver. Sa grand-mère le semonça[2] :

« On a à peine fini de balayer et de tout ranger, et voilà que tu nous remets tout sens dessus dessous ; tu as toujours l'odeur de la chair humaine dans le nez ! Assieds-toi et dîne ! »

Quand il eut mangé et bu, il se sentit fatigué, il mit sa tête sur les genoux de sa grand-mère et lui demanda de l'épouiller[3] un peu. Au bout de peu de temps, il s'était assoupi[4], soufflait et ronflait. Alors la vieille saisit un cheveu d'or, l'arracha et le mit à côté d'elle.

« Aïe ! cria le diable, qu'est-ce qui te prend ?

– J'ai fait un mauvais rêve, répondit la grand-mère, c'est pourquoi je t'ai pris par les cheveux.

– Qu'as-tu donc rêvé ? demanda le diable.

– J'ai rêvé qu'une fontaine d'où le vin jaillissait d'ordinaire s'était tarie et qu'elle ne voulait même plus donner d'eau, qu'est-ce qui en est cause ?

---

1. **Coi** : immobile et silencieux.
2. **Semonça** : gronda.
3. **L'épouiller** : le débarrasser de ses poux.
4. **Assoupi** : endormi.

– Hé, s'ils le savaient ! répondit le diable, il y a un crapaud sous une pierre de la fontaine, quand ils le tueront le vin se remettra à couler. »

La grand-mère recommença à l'épouiller jusqu'à ce qu'il se rendormît et ronflât à faire trembler les vitres. Alors elle lui arracha le deuxième cheveu.

« Hou ! Qu'est-ce que tu fais ? cria le diable en colère.

– Ne te fâche pas, répondit-elle, je l'ai fait en rêve.

– Qu'as-tu donc encore rêvé ? demanda-t-il.

– J'ai rêvé que dans un certain royaume il y avait un arbre fruitier qui d'habitude donnait des pommes d'or et qui maintenant ne veut même plus porter de feuilles. Qu'est-ce qui pourrait bien en être cause ?

– Hé, s'ils le savaient ! répondit le diable, c'est une souris qui ronge la racine, quand ils la tueront, l'arbre donnera de nouveau des pommes d'or, mais si elle continue à ronger plus longtemps, il se desséchera tout à fait. Mais laisse-moi en paix avec tes rêves, si tu me déranges encore une fois tu auras un soufflet[1]. »

La grand-mère le calma et se remit à l'épouiller jusqu'à ce qu'il se rendormît en ronflant de nouveau. Alors elle saisit le troisième cheveu d'or et l'arracha. Le diable sauta en l'air, se mit à crier et s'apprêta à lui faire passer un mauvais quart d'heure, mais elle l'apaisa une fois de plus et dit :

« Qui peut répondre de ses mauvais rêves ?

– Qu'as-tu donc rêvé ? demanda-t-il, curieux malgré tout.

– J'ai rêvé d'un passeur qui se plaignait d'être forcé de faire sans cesse la navette d'une rive à l'autre sans être relayé. Qu'est-ce qui en est cause ?

1. **Soufflet** : gifle.

– Hé, l'imbécile ! répondit le diable, quand quelqu'un viendra et demandera à être passé, il n'aura qu'à lui mettre la gaffe[1] dans la main, alors c'est l'autre qui devra passer les gens et il sera libre. »

Comme la grand-mère avait arraché les trois cheveux d'or et que les trois questions avaient reçu une réponse, elle laissa le vieux dragon en repos et il dormit jusqu'au lever du jour.

Lorsque le diable fut reparti, la vieille retira la fourmi du pli de son jupon et rendit sa forme humaine à l'enfant de la chance.

« Voilà les trois cheveux d'or, lui dit-elle, quant à ce que le diable a répondu à tes trois questions, tu l'as sans doute entendu.

– Oui, dit-il, je l'ai entendu et le retiendrai bien.

– Te voilà tiré d'affaire, dit-elle, à présent tu peux aller ton chemin. »

Il remercia la vieille, et quitta l'enfer, content que tout lui eût si bien réussi. Quand il arriva auprès du passeur, il dut lui donner la réponse promise.

« Fais-moi d'abord traverser, dit l'enfant de la chance, puis je te dirai comment tu seras délivré » et quand il eut atteint l'autre rive, il lui donna le conseil du diable.

« Quand il reviendra quelqu'un te demander de passer, tu n'as qu'à lui mettre la gaffe dans la main. »

Il continua son chemin et arriva à la ville où se trouvait l'arbre stérile[2] et où le gardien voulut aussi avoir sa réponse. Alors il lui répéta ce qu'il avait entendu dire au diable[3] :

1. **Gaffe** : long bâton que l'on utilise pour faire avancer une barque.
2. **Stérile** : qui ne donne pas ou plus de fruits.
3. **Ce qu'il avait entendu dire au diable** : ce qu'avait dit le diable.

« Tuez la souris qui ronge sa racine et il donnera de nouveau des pommes d'or. »

Le gardien le remercia et lui donna en récompense deux ânes chargés d'or qui le suivirent. Enfin il arriva à la ville dont la fontaine était tarie. Alors il répéta au gardien ce que le diable avait dit :

« Il y a un crapaud sous une pierre de la fontaine, cherchez-le et tuez-le et elle vous donnera de nouveau du vin en abondance[1]. »

Le gardien le remercia et lui donna également deux ânes chargés d'or. Enfin l'enfant de la chance arriva chez lui auprès de sa femme, qui se réjouit de tout son cœur en le revoyant et en apprenant comme tout lui avait bien réussi. Il apporta au roi les trois cheveux d'or du diable qu'il lui avait demandés et quand le roi vit les quatre ânes chargés d'or, il en fut tout joyeux et dit :

« À présent toutes les conditions sont remplies et tu peux garder ma fille. Mais dis-moi, mon cher gendre, d'où vient tout cet or ? C'est vraiment un trésor considérable !

– J'ai passé une rivière, répondit-il, et c'est là que je l'ai pris : il se trouve sur la rive en guise de[2] sable.

– Puis-je aller en chercher aussi ? dit le roi tout alléché[3].

– Tant que vous voudrez répondit-il, il y a un passeur sur la rivière, faites-vous conduire par lui de l'autre côté et vous pourrez remplir vos sacs. »

Le roi cupide[4] partit en toute hâte[5] et quand il arriva au bord de l'eau, il fit signe au passeur de le faire traverser. Le

1. **En abondance** : en grande quantité.
2. **En guise de** : à la place de.
3. **Tout alléché** : très attiré.
4. **Cupide** : qui aime excessivement l'argent.
5. **En toute hâte** : précipitamment, rapidement.

passeur approcha et lui dit de monter et quand ils atteignirent la rive opposée, il lui mit la gaffe dans la main et sauta à terre. Désormais, le roi dut faire le passeur en punition de ses péchés.

« Le fait-il encore ?

– Eh quoi ? Il ne se sera trouvé personne pour lui prendre sa gaffe. »

Arrêt sur lecture 1

Un quiz pour commencer

Cochez les bonnes réponses.

❶ ***Quelle prédiction est faite à l'enfant au début du conte ?***

- [ ] Il épousera une femme très belle, à l'âge de quatorze ans.
- [x] Il se mariera avec la fille du roi, à l'âge de quatorze ans.
- [ ] Il épousera une reine de quatorze ans.

❷ ***Pourquoi le roi propose-t-il de se charger de l'enfant ?***

- [ ] Pour aider ses parents qui sont pauvres.
- [ ] Pour l'employer comme domestique.
- [x] Pour le tuer.

❸ ***Qu'est-il écrit sur le billet que le roi remet au jeune garçon ?***

- [x] Tuez le porteur de ce billet.
- [ ] Mariez-vous avec le porteur de ce billet.
- [ ] Faites bon accueil au porteur de ce billet.

❹ *Quelle épreuve le roi impose-t-il au jeune garçon pour obtenir la main de sa fille ?*

- [x] Récupérer trois cheveux d'or sur la tête du diable.
- [ ] Rapporter une pomme d'or de l'arbre magique.
- [ ] Vaincre un dragon.

❺ *Combien de questions sont posées au jeune garçon avant d'arriver en enfer ?*

- [ ] Deux.
- [x] Trois.
- [ ] Quatre.

❻ *Comment la grand-mère du diable cache-t-elle le jeune garçon ?*

- [ ] Elle le dissimule sous un drap.
- [ ] Elle lui donne l'anneau d'invisibilité.
- [x] Elle le métamorphose en fourmi.

❼ *Quel prétexte la grand-mère utilise-t-elle pour arracher les trois cheveux au diable ?*

- [ ] Elle prétend entendre un bruit qui la fait sursauter.
- [ ] Elle prétend faire un faux mouvement en épouillant son petit-fils.
- [x] Elle prétend faire des mauvais rêves.

❽ *Comment le roi est-il puni à la fin du conte ?*

- [ ] Il est fouetté.
- [ ] Il est emprisonné.
- [x] Il est condamné à faire passer les gens d'une rive à l'autre de la rivière.

Des questions pour aller plus loin

☛ Découvrir l'univers du conte

Un monde merveilleux

❶ Par quelle formule le conte commence-t-il ? Que nous apprend-elle sur l'époque à laquelle se déroule l'action ?
❷ Relevez les indications de lieu dans les lignes 1 à 29 (p. 11-12). Peut-on placer ces lieux sur une carte ?
❸ Quels sont les trois événements extraordinaires qui arrivent au jeune garçon, de sa naissance à son arrivée chez les meuniers ?
❹ Quel personnage merveilleux le héros doit-il rencontrer ? Où lui faut-il se rendre pour le trouver ?
❺ Quels objets et quels êtres magiques le héros découvre-t-il sur sa route ? Quel est leur pouvoir ?
❻ Cherchez dans un dictionnaire le sens et l'origine du verbe « prédire » (p. 11, l. 2) et du nom « prophétie » (p. 11, l. 11). Donnez pour chacun d'eux deux mots de la même famille.

Un héros mis à l'épreuve

❼ Dans les pages 11 et 14, quelles expressions insistent sur la chance du héros ?
❽ Quelle est la valeur du présent de l'indicatif dans les phrases : « Tout ce qu'un enfant de cette espèce entreprend tourne à son avantage » (p. 11, l. 7-9) et « Cela ne peut que tourner bien pour lui » (p. 11-12, l. 18-19) ?
❾ Quelles sont les épreuves surmontées par le héros lors de son voyage ?

⑩ Quelles qualités permettent au héros de triompher de ces épreuves ?
⑪ Quels sentiments la vieille femme, les brigands et la grand-mère du diable éprouvent-ils en rencontrant le héros ? En quoi ces personnages influencent-ils la destinée du jeune garçon ?
⑫ Quelles récompenses le héros obtient-il à la fin de chaque épreuve ?

Le châtiment du roi

⑬ À la fin du conte, quel vice conduit le roi à sa perte ?
⑭ Le roi est-il coupable d'autres vices dans le conte ?
⑮ Que pensez-vous du châtiment subi par le roi ? De quels mythes antiques pouvez-vous rapprocher ce châtiment ?
⑯ Selon vous, que va-t-il advenir du roi et du jeune garçon ?
⑰ Quelle est la leçon du conte ? Quelles valeurs défend-elle ?

Rappelez-vous !
Un conte suit en général un schéma traditionnel, appelé « schéma narratif », qui comporte cinq étapes :
• **la situation initiale** (cadre de l'action et situation des personnages au début du conte) ;
• **l'élément perturbateur** (événement qui rompt cette situation et déclenche l'action) ;
• **les péripéties** (aventures du héros qui font progresser l'action) ;
• **l'élément de résolution** (événement qui dénoue l'action et marque la fin de la quête) ;
• **la situation finale** (situation nouvelle des personnages à la fin du récit).

De la lecture à l'écriture

Des mots pour mieux s'exprimer

❶ ***Complétez chacune des phrases suivantes à l'aide d'un mot de la famille de « merveille ».***

a. Le poupon était frais et dispos. Il se portait __________ bien.

b. Le roi fut __________ de voir les quatre ânes chargés d'or accompagner le jeune garçon.

c. « C'est __________ ! Tu es sain et sauf ! », s'écria la fille du roi en constatant le retour du jeune homme.

d. Le jour des noces du jeune garçon et de la fille du roi, tout était magnifiquement décoré, c'était un __________ pour les yeux.

e. « Quel prodige ! Quelle __________ ! Me voilà transformé en fourmi », s'étonna le jeune homme.

❷ ***Tous ces mots appartiennent au champ lexical de la pitié :*** pitoyable, attendrir, pathétique, lamentable, pauvre. ***Cherchez dans le dictionnaire leur définition et employez chacun d'eux dans une phrase qui en éclairera le sens.***

À vous d'écrire

❶ Imaginez à votre tour une autre fin au conte dans laquelle le roi serait puni en étant métamorphosé.

Consignes. Vous rédigerez votre texte à la troisième personne du singulier. Vous raconterez ce qui arrive au roi et détaillerez les différentes étapes de sa métamorphose.

❷ Le roi se rend au bord de la rivière et voit le passeur. Imaginez le dialogue entre les deux personnages.

Consignes. Vous utiliserez les pronoms personnels et la ponctuation du dialogue.

❸ Le jeune couple se retrouve enfin seul. Le jeune homme raconte à son épouse comment il a réussi à revenir sain et sauf. Imaginez son récit.

Consignes. Vous utiliserez la première personne et vous raconterez les péripéties vécues par le héros et les sentiments qu'il a éprouvés.

Blancheneige

Un jour, c'était au beau milieu de l'hiver et les flocons de neige tombaient du ciel comme du duvet, une reine était assise auprès d'une fenêtre encadrée d'ébène[1] noir, et cousait. Et tandis qu'elle cousait ainsi et regardait neiger, elle se piqua le doigt avec son aiguille et trois gouttes de sang tombèrent dans la neige. Et le rouge était si joli à voir sur la neige blanche qu'elle se dit :

« Oh, puissé-je[2] avoir une enfant aussi blanche que la neige, aussi rouge que le sang et aussi noire que le bois de ce cadre ! »

Peu après, elle eut une petite fille qui était aussi blanche que la neige, aussi rouge que le sang et aussi noire de cheveux que l'ébène, et que pour cette raison on appela Blancheneige. Et quand l'enfant fut née, la reine mourut.

Un an plus tard, le roi prit une autre épouse. C'était une belle femme, mais fière et hautaine, et elle ne pouvait pas souffrir[3] que quelqu'un la surpassât en beauté. Elle avait un miroir magique, quand elle se mettait devant et s'y contemplait, elle disait :

---

1. **Ébène** : bois de l'ébénier, de couleur noire.
2. **Puissé-je** : si je pouvais.
3. **Souffrir** : supporter.

Petit miroir, petit miroir chéri,
Quelle est la plus belle de tout le pays ?

et le miroir répondait :

Madame la Reine, vous êtes la plus belle de tout le pays.

Alors elle était tranquille, car elle savait que le miroir disait vrai.

Cependant Blancheneige grandissait et embellissait de plus en plus ; quand elle eut sept ans, elle était aussi belle que la lumière du jour et plus belle que la reine elle-même. Et un jour que celle-ci demandait au miroir :

Petit miroir, petit miroir chéri,
Quelle est la plus belle de tout le pays ?

il répondit :

Madame la Reine, vous êtes la plus belle ici,
Mais Blancheneige est mille fois plus jolie.

Alors, la reine prit peur et devint jaune et verte de jalousie. Dès lors, quand elle apercevait Blancheneige, son cœur se retournait dans sa poitrine, tant elle haïssait l'enfant. Et sa jalousie et son orgueil ne cessaient de croître[1] comme une mauvaise herbe, de sorte qu'elle n'avait de repos ni le jour ni la nuit. Alors elle fit venir un chasseur et lui dit :

« Emmène cette enfant dans la forêt, je ne veux plus l'avoir sous les yeux. Tu la tueras et tu me rapporteras son foie et ses poumons comme preuve. »

Le chasseur obéit et l'emmena, mais quand il eut tiré son poignard et voulut percer le cœur innocent de Blancheneige, elle se mit à pleurer et dit :

« Mon bon chasseur, laisse-moi la vie, je m'enfuirai dans le bois sauvage et je ne rentrerai plus jamais. »

---

1. **Croître** : grandir.

Et comme elle était si jolie, le chasseur eut pitié et dit: « Cours donc, pauvre enfant. »

« Les bêtes sauvages auront tôt fait de te dévorer », pensa-t-il, mais à l'idée de n'avoir pas à la tuer, il se sentait soulagé d'un grand poids. Et comme un jeune marcassin[1] venait vers lui en bondissant, il l'égorgea, prit ses poumons et son foie, et les rapporta à la reine comme preuve. Le cuisinier dut les faire cuire au sel, et la méchante femme les mangea et crut avoir mangé les poumons et le foie de Blancheneige.

Maintenant, la pauvre enfant était toute seule dans les grands bois et avait si grand-peur qu'elle regardait toutes les feuilles des arbres et ne savait à quel saint se vouer[2]. Alors elle se mit à courir sur les cailloux et à travers les ronces, et les bêtes sauvages passaient devant elle en bondissant, mais elles ne lui faisaient pas de mal. Elle courut aussi longtemps que ses jambes purent la porter, jusqu'à la tombée du jour, alors elle vit une petite maison et y entra pour se reposer. Dans la cabane, tout était petit, mais si mignon et si propre qu'on ne saurait en donner une idée. Il y avait une petite table recouverte d'une nappe blanche avec sept petites assiettes, chacune avec sa petite cuiller, puis sept petits couteaux et fourchettes et sept petits gobelets. Sept petits lits étaient placés l'un à côté de l'autre contre le mur, et ils étaient couverts de draps blancs comme neige. Blancheneige, qui avait grand-faim et grand-soif, mangea un peu de légumes et de pain dans chaque petite assiette et but une goutte de vin dans chaque petit gobelet, car elle ne voulait pas tout prendre au même. Ensuite, elle était

1. **Marcassin**: petit du sanglier.
2. **Ne savait à quel saint se vouer**: ne savait pas vers qui se tourner.

tellement lasse[1] qu'elle se coucha dans un petit lit, mais aucun ne lui allait, l'un était trop long, l'autre trop court, enfin le septième fut à sa taille : elle y resta, se recommanda à[2] Dieu et s'endormit.

Quand il fit tout à fait nuit, les maîtres du logis[3] rentrèrent ; c'étaient les sept nains qui travaillaient dans les montagnes, creusant et piochant pour en extraire le minerai[4]. Ils allumèrent leurs sept petites chandelles et dès qu'il fit clair dans la maison, ils virent qu'il était venu quelqu'un, car tout n'était plus dans l'ordre où ils l'avaient laissé. Le premier dit :

« Qui s'est assis sur ma petite chaise ? »

Le second :

« Qui a mangé dans ma petite assiette ? »

Le troisième :

« Qui a pris de mon petit pain ? »

Le quatrième :

« Qui a mangé de mes petits légumes ? »

Le cinquième :

« Qui a piqué avec ma petite fourchette ? »

Le sixième :

« Qui a coupé avec mon petit couteau ? »

Le septième :

« Qui a bu dans mon petit gobelet ? »

Puis le premier regarda autour de lui, vit un creux dans son lit et s'écria :

« Qui est entré dans mon petit lit ? »

---

1. **Lasse** : fatiguée.
2. **Se recommanda à** : demanda la protection de.
3. **Logis** : maison.
4. **Minerai** : roche contenant des pierres ou du métal précieux.

Les autres accoururent et s'écrièrent:

« Quelqu'un a couché dans le mien aussi ! »

Mais en regardant dans son lit, le septième aperçut Blancheneige qui y était couchée et dormait. Alors il appela les autres qui se précipitèrent et poussèrent des cris de surprise, ils allèrent chercher leurs sept petites chandelles, et éclairèrent Blancheneige.

« Ô mon Dieu, s'écrièrent-ils, mon Dieu, que cette enfant est donc belle ! »

Et leur joie fut si grande qu'ils ne la réveillèrent pas, mais la laissèrent dormir dans son petit lit. Quant au septième nain, il coucha avec ses compagnons, une heure avec chacun, et la nuit se trouva passée.

Le matin venu, Blancheneige se réveilla et en voyant les sept nains, elle fut prise de peur. Mais ils se montrèrent gentils et lui demandèrent:

« Comment t'appelles-tu ?

– Je m'appelle Blancheneige, répondit-elle.

– Comment es-tu venue chez nous ? »

Alors elle leur raconta que sa marâtre[1] avait voulu la faire tuer, mais que le chasseur lui avait laissé la vie, et qu'elle avait couru tout le jour, jusqu'au moment où elle avait enfin trouvé leur maisonnette. Les nains lui dirent:

« Si tu veux t'occuper de notre ménage, faire la cuisine, les lits, la lessive, coudre et tricoter, tu peux rester chez nous, tu ne manqueras de rien.

– Oui, répondit Blancheneige, j'accepte de tout mon cœur », et elle resta chez eux. Elle tint la maison en ordre. Le matin, ils partaient pour les montagnes où ils cherchaient

1. **Marâtre** : ici, méchante belle-mère.

le minerai et l'or, le soir ils rentraient et alors leur repas devait être préparé. La fillette étant seule tout le jour, les bons nains lui conseillèrent la prudence et dirent :

« Prends garde à ta belle-mère, elle saura bientôt que tu es ici, surtout ne laisse entrer personne. »

Mais la reine, croyant avoir mangé le foie et les poumons de Blancheneige, ne douta pas d'être de nouveau la première et la plus belle de toutes, elle se mit devant son miroir et dit :

Petit miroir, petit miroir chéri.
Quelle est la plus belle de tout le pays ?

Alors le miroir répondit :

Madame la Reine, vous êtes la plus belle ici,
Mais Blancheneige au-delà des monts
Chez les sept nains
Est encore mille fois plus jolie.

Alors la frayeur la prit, car elle savait que le miroir ne disait pas de mensonge, elle comprit que le chasseur l'avait trompée et que Blancheneige était toujours en vie. Et alors elle se creusa de nouveau la cervelle[1] pour trouver un moyen de la tuer, car, tant qu'elle n'était pas la plus belle de tout le pays, la jalousie ne lui laissait pas de repos. Et quand elle eut enfin imaginé un moyen, elle se farda[2] le visage, s'habilla en vieille mercière[3] et fut tout à fait méconnaissable. Ainsi faite[4], elle se rendit chez les sept nains par-delà les sept montagnes, frappa à la porte et cria :

« Belle marchandise à vendre ! À vendre ! »

---

1. **Se creusa la cervelle** : réfléchit beaucoup.
2. **Se farda** : se maquilla.
3. **Mercière** : vendeuse d'articles pour la couture.
4. **Faite** : déguisée.

Blancheneige regarda par la fenêtre et dit : « Bonjour, ma brave femme, qu'avez-vous à vendre ?

– De la bonne marchandise, de la belle marchandise, répondit-elle, des lacets de toutes les couleurs », et elle en sortit un, qui était fait de tresses multicolores.

« Je peux bien laisser entrer cette brave femme », se dit Blancheneige.

Elle tira le verrou et fit emplette[1] du joli lacet.

« Enfant, dit la vieille, comment es-tu fagotée[2] ! Viens ici, que je te lace[3] comme il faut. »

Blancheneige ne se méfiait pas, elle se plaça devant elle et se fit mettre le lacet neuf. Mais la vieille la laça si vite et la serra tant que Blancheneige en perdit le souffle et tomba comme morte.

« Maintenant, dit la vieille, tu as cessé d'être la plus belle », et elle s'en fut en courant.

Peu après, à l'heure du dîner, les sept nains rentrèrent chez eux, mais quelle ne fut pas leur frayeur en voyant leur chère Blancheneige couchée par terre ; et elle ne remuait et ne bougeait pas plus qu'une morte. Ils la relevèrent et, découvrant qu'elle était trop serrée, coupèrent le lacet. Alors elle se remit à respirer un peu et se ranima[4] petit à petit. Quand les nains apprirent ce qui s'était passé, ils dirent :

« La vieille mercière n'était autre que cette reine impie[5]. Sois sur tes gardes, et ne laisse entrer personne quand nous ne sommes pas près de toi. »

---

1. **Fit emplette** : acheta.
2. **Fagotée** : habillée.
3. **Lace** : ferme ton corset grâce au lacet.
4. **Se ranima** : reprit connaissance.
5. **Impie** : sans morale, sans honneur.

Sitôt[1] rentrée chez elle cependant, la mégère[2] alla devant son miroir et demanda :

Petit miroir, petit miroir chéri,
Quelle est la plus belle de tout le pays ?

Alors il répondit comme l'autre fois :

Madame la Reine, vous êtes la plus belle ici,
Mais Blancheneige au-delà des monts
Chez les sept nains
Est encore mille fois plus jolie.

En entendant ces mots, elle fut si effrayée que tout son sang reflua[3] vers son cœur, car elle voyait bien qu'une fois encore, Blancheneige avait recouvré[4] la vie.

« Mais maintenant, dit-elle, je vais inventer quelque chose qui te fera périr[5] », et à l'aide de tours magiques qu'elle connaissait, elle fabriqua un peigne empoisonné. Puis elle se déguisa et prit la forme d'une autre vieille femme. Elle se rendit chez les sept nains par-delà les sept montagnes, frappa à la porte et cria :

« Bonne marchandise à vendre ! À vendre ! »

Blancheneige regarda dehors et dit :

« Passez votre chemin, je ne peux laisser entrer personne.

– Tu as bien le droit de regarder », dit la vieille.

Elle sortit le peigne empoisonné et le tint en l'air. Il plut tellement à l'enfant qu'elle se laissa tenter et ouvrit la porte. Lorsqu'elles furent d'accord sur l'achat, la vieille lui dit :

« À présent, je vais te coiffer comme il faut. »

---

1. **Sitôt** : aussitôt.
2. **Mégère** : méchante femme.
3. **Reflua** : retourna.
4. **Recouvré** : retrouvé.
5. **Périr** : mourir.

La pauvre Blancheneige, qui ne se méfiait de rien, laissa faire la vieille, mais à peine celle-ci lui eut-elle mis le peigne dans les cheveux que le poison fit son effet et que la jeune fille tomba sans connaissance.

« Ô prodige de beauté[1], dit la méchante femme, maintenant c'en est fait de toi[2] », et elle partit.

Par bonheur, c'était bientôt l'heure où les sept nains rentraient chez eux. Quand ils virent Blancheneige couchée par terre, comme morte, ils soupçonnèrent aussitôt la marâtre, cherchèrent et trouvèrent le peigne empoisonné, et à peine l'avaient-ils retiré que Blancheneige revenait à elle et leur racontait ce qui était arrivé. Alors ils lui conseillèrent une fois de plus d'être sur ses gardes et de n'ouvrir la porte à personne.

Une fois chez elle, la reine se mit devant son miroir et dit :

Petit miroir, petit miroir chéri,
Quelle est la plus belle de tout le pays ?

Alors il répondit comme avant :

Madame la Reine, vous êtes la plus belle ici,
Mais Blancheneige au-delà des monts
Chez les sept nains
Est encore mille fois plus jolie.

En entendant le miroir parler ainsi, elle tressaillit[3] et trembla de colère :

« Blancheneige doit mourir, dit-elle, quand il m'en coûterait[4] ma propre vie. »

1. **Prodige de beauté** : personne exceptionnellement belle.
2. **C'en est fait de toi** : c'est la mort qui t'attend.
3. **Tressaillit** : sursauta.
4. **Quand il m'en coûterait** : même si cela doit me coûter.

Là-dessus, elle alla dans une chambre secrète et solitaire où personne n'entrait jamais, et elle fabriqua une pomme empoisonnée. Extérieurement elle avait belle apparence, blanche avec des joues rouges, si bien qu'elle faisait envie à quiconque[1] la voyait, mais quiconque en mangeait une bouchée était voué à[2] la mort. Quand la pomme fut fabriquée, elle se farda le visage et se déguisa en paysanne, et ainsi faite, elle se rendit chez les sept nains par-delà les sept montagnes. Elle frappa à la porte, Blancheneige passa la tête par la fenêtre et dit :

« Je ne dois laisser entrer personne, les sept nains me l'ont défendu.

– Tant pis, dit la paysanne, je n'aurai pas de peine à me débarrasser de mes pommes. Tiens, je vais t'en donner une.

– Non, dit Blancheneige, je ne dois rien accepter.

– Aurais-tu peur du poison ? dit la vieille, regarde, je coupe la pomme en deux, toi, tu mangeras la joue rouge et moi, la joue blanche. »

Mais la pomme était faite si habilement que seul le côté rouge était empoisonné. La belle pomme faisait envie à Blancheneige et quand elle vit la paysanne en manger, elle ne put résister plus longtemps, tendit la main et prit la moitié empoisonnée. Mais à peine en avait-elle pris une bouchée qu'elle tombait morte. Alors la reine la contempla avec des regards affreux, rit à gorge déployée[3] et dit :

« Blanche comme neige, rouge comme sang, noire comme ébène ! Cette fois les nains ne pourront pas te réveiller. »

Et comme, une fois chez elle, elle interrogeait son miroir :

---

1. **Quiconque** : n'importe qui.
2. **Voué à** : condamné à.
3. **Rit à gorge déployée** : éclata de rire.

Petit miroir, petit miroir chéri,
Quelle est la plus belle de tout le pays ?

Il répondit enfin :

Madame La Reine, vous êtes la plus belle du pays.

Alors son cœur jaloux fut en repos, autant qu'un cœur jaloux puisse trouver le repos.

Mais en rentrant chez eux le soir, les nains trouvèrent Blancheneige couchée par terre, et pas un souffle ne sortait plus de sa bouche, elle était morte. Ils la relevèrent, cherchèrent s'ils ne trouvaient pas quelque chose d'empoisonné, la délacèrent, lui peignèrent les cheveux, la lavèrent avec de l'eau et du vin, mais tout cela fut inutile : la chère enfant était morte et le resta. Ils la mirent sur une civière[1], s'assirent tous les sept auprès d'elle, la pleurèrent, et pleurèrent trois jours durant. Puis ils voulurent l'enterrer, mais elle était encore aussi fraîche qu'une personne vivante, et elle avait toujours ses belles joues rouges. Ils dirent :

« Nous ne pouvons pas mettre cela dans la terre noire », et ils firent un cercueil de verre transparent, afin qu'on pût la voir de tous les côtés, puis ils l'y couchèrent et écrivirent dessus son nom en lettres d'or, et qu'elle était fille de roi. Puis ils portèrent le cercueil sur la montagne et l'un d'entre eux resta toujours auprès pour le garder. Et les animaux vinrent aussi pleurer Blancheneige, d'abord une chouette, puis un corbeau, enfin une petite colombe.

Et Blancheneige demeura longtemps, longtemps dans le cercueil, et elle ne se décomposait[2] pas, elle avait l'air de dormir, car elle restait toujours blanche comme neige,

---

1. **Civière** : sorte de lit permettant de transporter les blessés ou les morts.
2. **Se décomposait** : pourrissait.

rouge comme sang et noir de cheveux comme bois d'ébène. Or il advint[1] qu'un fils de roi se trouva par hasard dans la forêt et alla à la maison des nains pour y passer la nuit. Sur la montagne, il vit le cercueil et la jolie Blancheneige couchée dedans, et il lut ce qui était écrit dessus en lettres d'or. Alors il dit aux nains:

« Laissez-moi ce cercueil, je vous donnerai tout ce que vous voudrez en échange. »

Mais les nains répondirent:

« Nous ne vous le céderons pas pour tout l'or du monde. »

Alors il leur dit:

« En ce cas, faites-m'en cadeau, car je ne puis pas vivre sans voir Blancheneige, je le vénérerai[2] et le tiendrai en estime comme mon bien le plus cher. »

En l'entendant parler ainsi les bons nains eurent pitié de lui et lui donnèrent le cercueil. Le prince ordonna à ses serviteurs de l'emporter sur leurs épaules. Il advint alors qu'ils trébuchèrent contre un buisson et que, par suite de la secousse, le trognon de pomme empoisonné dans lequel Blancheneige avait mordu lui sortit du gosier[3]. Et bientôt elle ouvrit les yeux, souleva le couvercle de son cercueil et se dressa, ressuscitée.

« Ah Dieu, où suis-je ? » s'écria-t-elle.

Plein de joie, le prince lui dit:

« Tu es auprès de moi. »

Il lui raconta ce qui s'était passé et dit:

« Je t'aime plus que tout au monde; viens avec moi au château de mon père, tu seras ma femme. »

---

1. **Advint**: arriva.
2. **Vénérerai**: adorerai, respecterai de manière sacrée.
3. **Gosier**: gorge.

Alors Blancheneige l'aima et le suivit, et leur noce fut préparée en grande pompe et magnificence[1].

Mais on invita aussi à la fête la méchante marâtre de Blancheneige. Quand elle eut revêtu de beaux habits, elle alla devant son miroir et dit:

Petit miroir, petit miroir chéri,
Quelle est la plus belle de tout le pays ?

Le miroir répondit:

Madame la Reine, vous êtes la plus belle ici,
Mais la jeune reine est mille fois plus jolie.

Alors la méchante femme poussa un juron et elle fut effrayée, tellement effrayée qu'elle ne sut que faire. D'abord, elle ne voulut pas du tout aller à la noce. Mais la curiosité ne lui laissa pas de répit[2], il lui fallut partir et aller voir la jeune reine. Et en entrant, elle reconnut Blancheneige, et d'angoisse et d'effroi, elle resta clouée sur place et ne put bouger. Mais déjà on avait fait rougir des mules[3] de fer sur des charbons ardents, on les apporta avec des tenailles[4] et on les posa devant elle. Alors il lui fallut mettre ces souliers chauffés à blanc[5] et danser jusqu'à ce que mort s'ensuive.

1. **En grande pompe et magnificence**: avec cérémonie et luxe.
2. **Répit**: repos, tranquillité.
3. **Mules**: sorte de pantoufles.
4. **Tenailles**: pinces.
5. **Chauffés à blanc**: chauffés à très haute température, au point d'en devenir blancs.

Arrêt sur lecture 2

Un quiz pour commencer

Cochez les bonnes réponses.

❶ ***Quand Blancheneige vient au monde, qu'arrive-t-il à sa mère ?***

- ☒ Elle meurt.
- ☐ Elle devient méchante.
- ☐ Elle s'enfuit de son royaume.

❷ ***À qui la nouvelle épouse du roi demande-t-elle si elle est la plus belle du pays ?***

- ☐ À son époux, le roi.
- ☐ À Blancheneige.
- ☒ À son miroir.

❸ ***Qu'ordonne la nouvelle épouse du roi au chasseur ?***

- ☒ De tuer Blancheneige.
- ☐ De capturer un nain.
- ☐ De perdre Blancheneige dans la forêt.

❹ ***Chez qui Blancheneige trouve-t-elle refuge ?***

- ❒ Chez les animaux sauvages de la forêt.
- ☒ Chez les sept nains.
- ❒ Chez un prince puissant.

❺ ***Que mange Blancheneige avant de tomber comme morte ?***

- ☒ Une pomme empoisonnée.
- ❒ Une friandise ensorcelée.
- ❒ Une potion magique.

❻ ***Quand ils la croient morte, où les nains déposent-ils le corps de Blancheneige ?***

- ❒ Dans une clairière de la forêt.
- ☒ Dans un cercueil de verre.
- ❒ Au fond d'une rivière.

❼ ***À qui les nains confient-ils le corps de Blancheneige ?***

- ☒ À un prince de passage.
- ❒ Au père de Blancheneige.
- ❒ À un serviteur de la reine.

❽ ***Comment les serviteurs du prince rendent-ils vie à Blancheneige ?***

- ❒ Ils font venir une fée qui prononce des formules magiques.
- ☒ Ils trébuchent et, sous le choc, le morceau de pomme sort de sa gorge.
- ❒ Ils la soignent nuit et jour.

❾ ***Comment la belle-mère de Blancheneige est-elle punie ?***

- ❒ Elle est chassée du royaume.
- ❒ Elle est dévorée par des bêtes féroces.
- ☒ Elle doit danser avec des chaussures de fer chauffées à blanc.

Des questions pour aller plus loin

☛ Étudier les personnages d'un conte

Une princesse en danger

❶ Dans la description de l'héroïne (p. 31, l. 11 à 13), quels sont les trois éléments auxquels elle est comparée ? Pourquoi cette description est-elle importante pour comprendre l'histoire ?
❷ Quand Blancheneige se retrouve seule dans la forêt après le départ du chasseur, quel danger court-elle ? Comment y échappe-t-elle ?
❸ Quand Blancheneige arrive chez les nains, elle a « grand-peur » (p. 33, l. 59), « grand-faim » (l. 73) et « grand-soif » (l. 73). Transformez chacun de ces groupes nominaux en un adjectif qualifiant Blancheneige.
❹ Avant le retour des nains, comment Blancheneige agit-elle ? Qu'est-ce que cela révèle sur sa personnalité ?
❺ Quels traits de caractère empêchent Blancheneige de se montrer méfiante vis-à-vis de sa belle-mère ?

Une belle-mère maléfique

❻ Relisez le portrait de la reine au début du conte (p. 31, l. 15-17). Précisez le sens de l'adjectif « hautaine » et, à l'aide d'un dictionnaire, trouvez deux autres mots de la même famille.
❼ Quels sentiments la reine éprouve-t-elle pour Blancheneige ? Pourquoi ?
❽ Quel objet magique est lié à la reine ? Quelle est sa fonction ?
❾ Que doit rapporter le chasseur pour prouver qu'il a tué Blancheneige ? Comment qualifieriez-vous la demande de la reine ?

⑩ Combien de fois la reine tente-t-elle de tuer Blancheneige en lui rendant visite ? Résumez en quelques lignes chacun de ses stratagèmes.
⑪ À quel personnage traditionnel du conte la reine vous fait-elle penser ? Pourquoi ?

Des alliés fidèles

⑫ Pour quelle raison le chasseur épargne-t-il la vie de Blancheneige ? Quelle ruse invente-t-il pour tromper la reine ?
⑬ Quelle est la réaction des nains quand ils découvrent Blancheneige chez eux ? Quels types de phrases traduisent leur état d'esprit ?
⑭ Quel rôle les nains jouent-ils auprès de Blancheneige ? Que leur apporte-t-elle en retour ?
⑮ À la mort de Blancheneige, comment l'attachement des nains se manifeste-t-il ?
⑯ Pourquoi les nains refusent-ils d'abord de donner le cercueil de verre au prince ? Pourquoi acceptent-ils finalement ?

Rappelez-vous !
Au début d'un conte, le héros se trouve souvent dans une situation difficile. Les épreuves qu'il doit surmonter lui sont imposées par des opposants, c'est-à-dire des personnages malveillants.
Grâce à ses vertus morales (l'innocence et la bonté, par exemple) et parfois physiques (la beauté de Blancheneige), le héros obtient l'aide d'autres personnages, les adjuvants.

De la lecture à l'écriture

Des mots pour mieux s'exprimer

❶ **a.** ***Pour chaque mot de la liste 1, trouvez un synonyme dans la liste 2.***
Liste 1: cruel, généreux, innocent, hautain, courageux, envieux.
Liste 2: vaillant, jaloux, naïf, fier, impitoyable, bon.
b. ***Choisissez trois adjectifs et employez-les dans trois phrases décrivant Blancheneige. Faites de même pour la méchante reine.***

❷ ***Le suffixe -âtre permet de former des mots dévalorisants (péjoratifs). Complétez chacune des phrases suivantes avec les mots formés sur ce suffixe:*** douceâtre, marâtre, blanchâtre, noirâtre.
a. La méchante belle-mère de Blancheneige est une __________.
b. L'or que les nains trouvent dans les mines est recouvert de terre. Il a une couleur __________.
c. Lorsque la reine se farde le visage en blanc, son teint devient __________.
d. En changeant sa voix pour la rendre plus agréable, la reine déguisée s'exprime d'un ton __________.

À vous d'écrire

❶ Imaginez une scène de confrontation entre les sept nains et la reine. Les nains rentrent de la montagne plus tôt qu'à leur habitude. Racontez comment ils vont démasquer, puis punir la marâtre.
Consignes. Votre récit sera mené à l'imparfait et au passé simple de l'indicatif et comptera environ quinze lignes. Vous introduirez dans votre récit un dialogue entre les nains et la méchante reine.

❷ Blancheneige écrit à son père pour lui raconter ses aventures depuis qu'elle a quitté le château avec le chasseur.
Consignes. Votre lettre devra être écrite à la première personne au présent et au passé composé de l'indicatif. En une vingtaine de lignes, vous reviendrez sur les aventures importantes de Blancheneige jusqu'au jour de ses noces et sur ce qu'elle a éprouvé durant ses épreuves.

❸ Vous êtes journaliste dans un monde merveilleux et vous avez pour mission d'interviewer le miroir magique de la reine.
Consignes. En une dizaine de questions, l'interview devra mettre en lumière l'origine du miroir et son rôle auprès de la reine. Le miroir donnera son opinion sur sa propriétaire et sur ses méfaits.

Du texte à l'image

Histoire des arts

➡ *Blanche-Neige*, chorégraphie et mise en scène d'Angelin Preljocaj, 2008.
➡ *Mirror Mirror*, film de Tarsem Singh, 2012.
(Images reproduites au verso de la couverture, en fin d'ouvrage.)

Lire l'image

❶ Décrivez avec précision ces deux photographies (position, attitude et gestes des personnages). Quels sont les personnages représentés ? Quelles différences observez-vous dans la représentation de ces personnages entre les deux images ?
❷ À quoi voit-on que la photographie reproduite en bas de la page est celle d'un ballet ?

Comparer le texte et l'image

❸ Quel passage du conte la photographie du ballet illustre-t-elle ?
❹ Les costumes des acteurs et des danseurs correspondent-ils à ceux des personnages du conte ? Quelle est la part d'invention du costumier ?

À vous de créer

❺ Imaginez et rédigez un nouveau passage du conte que la photographie du film *Mirror Mirror* pourrait illustrer.

Jeannot et Margot

À l'orée[1] d'un grand bois habitait un pauvre bûcheron avec sa femme et ses deux enfants, le petit garçon se nommait Jeannot, la petite fille Margot. Il avait peu de choses à se mettre sous la dent[2], et une fois qu'une grande disette[3] s'était abattue sur le pays, il ne put pas même se procurer le pain quotidien. Un soir qu'il se tracassait[4] et que les soucis le faisaient se retourner dans son lit, il soupira et dit à sa femme :

« Qu'allons-nous devenir ? Comment pourrons-nous nourrir nos pauvres enfants, alors que nous n'avons plus rien pour nous-mêmes ?

– J'ai une idée, homme, répondit la femme. Demain, de bon matin nous conduirons les enfants dans le bois, au plus épais des fourrés[5]. Là nous leur ferons du feu, nous donnerons encore un petit bout de pain à chacun, puis nous irons à l'ouvrage[6] et nous les laisserons seuls. Ils ne retrouveront pas le chemin de la maison et nous en serons débarrassés.

---

1. **Orée** : bord, entrée.
2. **Se mettre sous la dent** : manger.
3. **Disette** : manque important de nourriture.
4. **Se tracassait** : était soucieux, inquiet.
5. **Fourrés** : buissons.
6. **À l'ouvrage** : au travail.

– Non, femme, dit le mari, je ne ferai pas cela, comment aurais-je le cœur d'abandonner mes enfants dans la forêt, les bêtes sauvages viendraient bientôt les déchirer.

– Sot que tu es, dit-elle. Alors nous mourrons de faim tous les quatre, tu n'as plus qu'à raboter[1] les planches de nos cercueils », et elle ne lui laissa ni trêve ni repos[2] qu'il n'ait consenti[3].

« Tout de même, ces pauvres enfants me font pitié », dit l'homme.

Les deux enfants avaient tellement faim qu'ils n'avaient pas pu s'endormir non plus et ils avaient entendu ce que la marâtre[4] avait dit à leur père. Margot versa des larmes amères[5] et dit à Jeannot :

« Maintenant, c'en est fait de nous[6].

– Chut, Margot, dit Jeannot, ne te tourmente pas, je nous tirerai bien d'affaire[7]. »

Et quand les vieux furent endormis, il se leva, mit sa petite veste, ouvrit le bas de la porte[8] et se glissa dehors. Il faisait un beau clair de lune, et les cailloux blancs qui étaient répandus devant la maison brillaient comme de vrais sous[9] neufs. Jeannot se baissa et en fourra dans ses poches autant qu'il voulut en entrer[10]. Puis il rentra et dit à Margot :

1. **Raboter** : aplanir, lisser.
2. **Ni trêve ni repos** : aucun répit.
3. **Consenti** : accepté.
4. **Marâtre** : ici, méchante mère.
5. **Amères** : pleines de tristesse et de regrets.
6. **C'en est fait de nous :** nous sommes en grand danger.
7. **Je nous tirerai bien d'affaire** : je nous sauverai.
8. **Bas de la porte** : partie basse et mobile d'une porte qui permet le passage sans l'ouvrir complètement.
9. **Sous** : pièces de monnaie.
10. **Autant qu'il voulut en entrer** : autant que possible.

« Aie confiance, chère petite sœur, et endors-toi tranquillement, Dieu ne nous abandonnera pas. »

Et il se recoucha.

À l'aube, avant même que le soleil fût levé, la femme entrait déjà et réveillait les deux enfants :

« Debout, paresseux, nous allons dans la forêt chercher du bois. »

Puis elle donna à chacun un petit morceau de pain et dit :

« Voilà quelque chose pour votre midi, mais ne le mangez pas avant, vous n'aurez rien de plus. »

Margot mit le pain sous son tablier, parce que Jeannot avait les cailloux dans sa poche. Ensuite ils prirent tous le chemin du bois. Quand ils eurent marché un petit bout de temps, Jeannot s'arrêta, se retourna pour voir du côté de la maison et tout le temps recommença ce manège[1]. Le père dit :

« Jeannot, qu'as-tu à lorgner[2] et à rester en arrière ? Fais attention et n'oublie pas tes jambes.

– Ah, père, dit Jeannot, je regarde mon chaton blanc, il est perché sur le toit et veut me dire adieu. »

La femme dit :

« Petit sot, ce n'est pas ton chaton, c'est le soleil du matin qui brille sur la cheminée. »

Cependant Jeannot n'avait pas regardé son petit chat, mais chaque fois il avait jeté sur le chemin un des petits cailloux blancs de sa poche.

Quand ils furent arrivés en pleine forêt, le père dit :

---

1. **Manège** : stratégie, ruse.
2. **Lorgner** : regarder du coin de l'œil avec insistance.

« Maintenant, ramassez du bois, mes enfants, je vais faire du feu pour que vous n'ayez pas froid. »

Jeannot et Margot ramassèrent du petit bois et en firent un tas haut comme une petite montagne. Le fagot[1] fut allumé et quand la flamme brûla bien haut, la femme dit :

« Maintenant couchez-vous auprès du feu, mes enfants, et reposez-vous, nous allons dans la forêt abattre du bois. Quand nous aurons fini, nous reviendrons vous chercher. »

Jeannot et Margot restèrent assis auprès du feu et quand vint midi, ils mangèrent chacun leur petit bout de pain. Et comme ils entendaient les coups de la cognée[2], ils croyaient que leur père était dans le voisinage. Mais ce n'était pas la cognée, c'était une branche que leur père avait attachée à un arbre mort et que le vent battait de-ci de-là[3]. Et, quand ils furent restés ainsi longtemps, leurs yeux se fermèrent de fatigue et ils s'endormirent profondément. Lorsqu'ils se réveillèrent enfin, il faisait déjà nuit noire. Margot se mit à pleurer et dit :

« Comment allons-nous sortir du bois à présent ? »

Mais Jeannot la consola :

« Attends un petit moment que la lune soit levée, alors nous trouverons bien notre chemin. »

Et quand la pleine lune fut levée, Jeannot prit sa petite sœur par la main et suivit les cailloux qui luisaient[4] comme des sous nouvellement frappés[5] et leur montraient le

1. **Fagot** : ensemble de petites branches.
2. **Cognée** : hache.
3. **De-ci de-là** : dans tous les sens.
4. **Luisaient** : brillaient.
5. **Sous nouvellement frappés** : pièces de monnaie toutes neuves.

chemin. Ils marchèrent toute la nuit et arrivèrent à la maison de leur père au lever du jour. Ils frappèrent à la porte et quand la femme ouvrit et vit que c'était Jeannot et Margot, elle dit :

« Méchants enfants, pourquoi avez-vous dormi si longtemps dans la forêt, nous avons cru que vous ne vouliez plus rentrer du tout. »

Mais le père se réjouit, car il avait du chagrin de les avoir laissés ainsi tout seuls.

Peu de temps après, la misère fut de nouveau partout dans la maison, et une nuit, les enfants entendirent leur mère dire à leur père dans le lit :

« Tout a été de nouveau mangé, nous avons encore la moitié d'une miche de pain, et après, finie la chanson[1]. Il faut que les enfants s'en aillent, nous les conduirons plus loin dans la forêt afin qu'ils ne trouvent pas le chemin pour en sortir, autrement pas de salut pour nous[2]. »

L'homme eut le cœur serré et il pensa :

« Il vaudrait mieux partager ta dernière bouchée avec tes enfants. »

Mais la femme ne voulut rien savoir de ce qu'il disait, elle l'injuria et lui fit des reproches. Il n'y a que le premier pas qui coûte[3], et comme il avait cédé la première fois, il dut céder aussi la deuxième.

Mais les enfants étaient encore éveillés et ils avaient entendu la conversation. Quand les vieux furent endormis, Jeannot se releva et voulut sortir pour ramasser des

1. **Finie la chanson** : tout sera fini.
2. **Pas de salut pour nous** : rien ne pourra nous sauver.
3. **Coûte** : est difficile.

cailloux comme l'autre fois, mais la femme avait fermé la porte à clé et il ne put sortir. Pourtant il consola sa petite sœur et dit :

« Ne pleure pas, Margot, et dors tranquille, le bon Dieu nous viendra bien en aide. »

Au petit matin, la femme vint chercher les enfants dans leur lit. On leur donna leur bout de pain, mais il était encore plus petit que la première fois. Sur la route de la forêt, Jeannot l'émietta dans sa poche, il s'arrêtait souvent et en jetait une miette par terre.

« Jeannot, qu'as-tu à t'arrêter et à lorgner autour de toi ? dit le père. Allons, marche.

– Je regarde mon pigeonneau, il est perché sur le toit et veut me dire adieu.

– Petit sot, dit la femme, ce n'est pas ton pigeonneau, c'est le soleil du matin qui luit sur le haut de la cheminée. »

Mais petit à petit, Jeannot jeta toutes les miettes sur le chemin.

La femme conduisit les enfants encore plus loin dans la forêt, là où ils n'avaient jamais été de leur vie. On fit de nouveau un grand feu et la mère leur dit :

« Restez là, enfants, et quand vous serez fatigués, vous pourrez dormir un peu. Nous allons dans la forêt abattre du bois et ce soir, quand nous aurons fini, nous viendrons vous chercher. »

Quand il fut midi, Margot partagea son pain avec Jeannot qui avait semé son morceau le long du chemin. Ensuite ils s'endormirent et la soirée se passa sans que personne vînt vers les pauvres enfants. Ils ne se réveillèrent qu'à la nuit noire, et Jeannot consola sa petite sœur en lui disant :

« Attends donc, Margot, que la lune soit levée, alors nous verrons les miettes que j'ai semées, elles nous montreront le chemin de la maison. »

Quand la lune se leva, ils se mirent en route, mais ils ne trouvèrent plus une seule miette, car les milliers d'oiseaux qui volent par les bois et les champs les avaient picorées[1]. Jeannot dit à Margot :

« Nous retrouverons bien notre chemin », mais ils ne le retrouvèrent pas. Ils marchèrent toute la nuit et tout un jour du matin au soir mais ils ne purent sortir du bois et ils avaient grand-faim, car ils n'avaient rien d'autre que les quelques baies[2] qui poussaient par terre. Et comme ils étaient si las[3] que leurs jambes ne voulaient plus les porter, ils se couchèrent sous un arbre et s'endormirent. Et déjà le matin se leva pour la troisième fois depuis leur départ de la maison paternelle. Ils se remirent en route, mais ils s'enfoncèrent de plus en plus dans les bois, et s'il ne leur venait pas bientôt du secours, il leur faudrait périr d'inanition[4]. Quand il fut midi, ils aperçurent, perché sur une branche, un joli petit oiseau blanc comme neige qui chantait si bien qu'ils s'arrêtèrent pour l'écouter. Et quand il eut fini, il prit son essor[5] et partit devant eux à tire-d'aile, et ils le suivirent jusqu'à une maisonnette sur le toit de laquelle il se posa ; et en s'approchant, ils virent que la maisonnette était de pain et couverte d'un toit de gâteau ; quant aux fenêtres elles étaient en sucre candi[6].

---

1. **Picorées** : mangées.
2. **Baies** : sortes de groseilles.
3. **Las** : fatigués.
4. **Périr d'inanition** : mourir de faim.
5. **Essor** : envol.
6. **Candi** : cristallisé en gros cristaux.

« Mettons-nous-y, dit Jeannot, et faisons un bon repas. Je vais manger un morceau du toit, tu pourras manger de la fenêtre, Margot, c'est sucré. »

Jeannot se haussa[1] sur la pointe des pieds et cassa un morceau de toiture pour voir quel goût elle avait, et Margot se mit à grignoter les vitres. Alors une voix douce sortit de la pièce :

Grigno, grigno, grignoton,
Qui grignote ma maison ?

Les enfants répondirent :

C'est le vent, c'est le vent,
Le céleste enfant

et ils continuèrent à manger sans se laisser décontenancer[2]. Jeannot, qui trouvait le toit fort à son goût, en arracha un grand morceau et Margot détacha toute une vitre ronde, s'assit par terre et s'en donna à cœur joie[3]. Tout à coup la porte s'ouvrit et une femme vieille comme le monde se glissa dehors en s'appuyant sur une béquille. Jeannot et Margot eurent une telle frayeur qu'ils laissèrent tomber ce qu'ils avaient à la main. Mais la vieille secoua la tête et dit :

« Chers enfants, qui vous a conduits ici ? Entrez donc et restez chez moi, il ne vous arrivera pas de mal. »

Elle les prit tous les deux par la main et les emmena dans sa maison. Là, on leur servit un bon repas, du lait et de l'omelette au sucre, des pommes et des noix. Puis on leur prépara deux jolis petits lits blancs, et Jeannot et Margot s'y couchèrent et se crurent au Paradis.

---

1. **Se haussa** : se dressa.
2. **Décontenancer** : impressionner, troubler.
3. **S'en donna à cœur joie** : profita pleinement de l'occasion.

Mais la gentillesse de la vieille était feinte[1], car c'était une méchante sorcière qui guettait[2] les petits enfants et n'avait bâti sa maisonnette de pain que pour les attirer. Quand il en tombait un en son pouvoir, elle le tuait, le faisait cuire, le mangeait et pour elle, c'était jour de fête. Les sorcières ont les yeux rouges et ne voient pas de loin, mais elles ont du flair[3] comme les animaux et sentent les hommes venir. Quand Jeannot et Margot arrivèrent dans son voisinage, elle eut un rire mauvais et dit sardoniquement[4] :

« Je les tiens, ils ne m'échapperont plus. »

De bon matin, avant que les enfants ne fussent réveillés, elle se leva, et en les voyant reposer tous les deux si gentiment, avec leurs joues rondes et rouges, elle murmura à part soi[5] :

« Cela fera un morceau de choix[6]. »

Alors elle saisit Jeannot de sa main décharnée[7], le porta dans une petite étable[8], et l'enferma derrière une porte grillagée. Il eut beau crier[9] tant qu'il pouvait, cela ne lui servit de rien. Puis elle alla auprès de Margot, la secoua pour la réveiller et cria :

« Debout, paresseuse, va chercher de l'eau et fais cuire quelque chose de bon pour ton frère, il est enfermé dans l'étable et il faut qu'il engraisse. Quand il sera gras, je le mangerai. »

---

1. **Feinte** : simulée, fausse.
2. **Guettait** : attendait avec impatience.
3. **Flair** : odorat.
4. **Sardoniquement** : en se moquant méchamment.
5. **À part soi** : pour elle-même, sans que les enfants n'entendent.
6. **De choix** : de très bonne qualité.
7. **Décharnée** : très maigre.
8. **Étable** : lieu où l'on garde le bétail.
9. **Il eut beau crier :** même s'il criait.

Margot se mit à pleurer amèrement, mais en vain[1], force lui fut de faire[2] ce que la méchante sorcière demandait.

Alors, on prépara pour le pauvre Jeannot les meilleurs plats, mais Margot n'eut que les carapaces des écrevisses. Tous les matins, la vieille se traînait à la petite étable et criait: «Jeannot, sors tes doigts, que je sente si tu seras bientôt assez gras.»

Mais Jeannot lui tendait un petit os, et la vieille, qui avait la vue trouble[3] et ne pouvait pas le voir, croyait que c'étaient les doigts de Jeannot et s'étonnait qu'il ne voulût pas engraisser. Comme il y avait quatre semaines de passées et que Jeannot restait toujours maigre, elle fut prise d'impatience et ne voulut pas attendre davantage.

«Holà, Margot, cria-t-elle à la petite fille, dépêche-toi et apporte de l'eau. Que Jeannot soit gras ou maigre, demain je le tuerai et je le ferai cuire.»

Ah, comme la pauvre petite sœur se désola[4] quand il lui fallut porter de l'eau, et comme les larmes lui coulaient le long des joues!

« Ô mon Dieu, viens-nous en aide, s'écria-t-elle, si les bêtes sauvages nous avaient dévorés dans les bois, au moins nous serions morts ensemble.

– Fais-moi grâce de tes piailleries[5], dit la vieille, tout cela ne te servira de rien.»

Dès le petit matin, Margot dut sortir, suspendre la marmite d'eau et allumer le feu.

---

1. **En vain:** sans résultat.
2. **Force lui fut de faire**: elle fut obligée de faire.
3. **Trouble**: floue.
4. **Se désola**: fut attristée.
5. **Piailleries**: cris.

« Nous allons d'abord faire le pain, dit la vieille, j'ai déjà chauffé le four et pétri[1] la pâte. »

Elle poussa la pauvre Margot vers le four d'où sortaient déjà les flammes.

« Glisse-toi dedans, dit la sorcière, et vois s'il est à bonne température pour enfourner le pain. »

Et quand Margot serait dedans, elle fermerait la porte du poêle[2]. Margot y rôtirait puis elle la mangerait aussi. Mais la petite devina ce qu'elle avait en tête, et dit :

« Je ne sais pas comment faire, comment vais-je entrer là-dedans ?

– Petite oie, dit la vieille, l'ouverture est assez grande, regarde, je pourrais y passer moi-même. »

Elle se mit à quatre pattes pour s'approcher du four et y fourra la tête. Alors Margot la poussa si bien qu'elle entra tout entière dans le four, puis elle ferma la porte de fer et tira le verrou. Hou ! la vieille se mit à pousser des hurlements épouvantables : mais Margot se sauva et la sorcière impie[3] brûla lamentablement[4].

Margot courut tout droit à Jeannot, ouvrit la porte de la petite étable et s'écria :

« Jeannot, nous sommes délivrés, la vieille sorcière est morte. »

Alors Jeannot bondit dehors comme un oiseau s'envole quand on lui ouvre la porte de sa cage. Quelle joie ce fut, comme ils se sautaient au cou, gambadaient de tous côtés, s'embrassaient ! Et comme ils n'avaient plus rien à

1. **Pétri** : malaxé.
2. **Poêle** : four.
3. **Impie** : qui méprise, offense la religion.
4. **Lamentablement** : au point d'inspirer la pitié.

craindre, ils entrèrent dans la maison de la sorcière, il y avait là dans tous les coins des coffrets pleins de perles et de pierres précieuses.

« C'est encore mieux que des cailloux », dit Jeannot et il en mit dans ses poches tant qu'il voulut en entrer[1], et Margot dit :

« Moi aussi, je veux rapporter quelque chose chez nous », et elle en mit plein son tablier.

« Mais à présent il faut partir, dit Jeannot, afin de sortir de la forêt ensorcelée. »

Mais quand ils eurent marché pendant quelques heures, ils arrivèrent au bord d'une grande rivière.

« Nous ne pourrons pas la traverser, dit Jeannot, je ne vois ni passerelle ni pont.

– Il ne passe pas non plus de bateau, dit Margot, mais voilà un canard blanc qui nage, si je le lui demande, il nous aidera à passer. »

Alors elle cria :

Caneton, caneton,
C'est Jeannot et Margoton,
Pas de pont ni de passerelle,
Prends-nous sur tes blanches ailes.

Le caneton s'approcha. Jeannot monta sur son dos et dit à sa sœur de monter à côté de lui.

« Non, répondit Margot, ce serait trop lourd pour le petit canard, il nous passera l'un après l'autre. »

C'est ce que fit la bonne bête, et quand ils furent sur l'autre rive et qu'ils eurent marché un petit bout de temps, la forêt leur sembla de plus en plus familière et enfin ils

1. **Tant qu'il voulut en entrer** : autant que possible.

aperçurent de loin la maison paternelle. Alors ils se mirent à courir, se précipitèrent dans la pièce et se jetèrent au cou de leur père. L'homme n'avait pas eu une seule heure de joie depuis qu'il avait abandonné ses enfants dans les bois ; quant à la femme elle était morte. Margot secoua son tablier si bien que les perles et les pierres précieuses se mirent à sauter de tous côtés, tandis que Jeannot vidait ses poches et jetait à son tour par terre poignée sur poignée. Alors tous leurs soucis prirent fin et ils vécurent ensemble dans une joie sans mélange[1].

Mon conte est fini ; là-bas trotte une petite souris, qui l'attrapera aura le droit de s'en faire un grand, grand bonnet de fourrure.

1. **Sans mélange** : totale, parfaite.

Arrêt sur lecture 3

Un quiz pour commencer

Cochez les bonnes réponses.

❶ *Quel est le métier du père de Jeannot et Margot ?*

- ❒ Bûcheron.
- ❒ Forgeron.
- ❒ Boulanger.

❷ *Que propose la mère de Jeannot et Margot à son époux ?*

- ❒ De noyer leurs enfants dans le lac.
- ❒ De vendre leurs enfants.
- ❒ D'abandonner leurs enfants dans la forêt.

❸ *Comment Jeannot réussit-il à retrouver son chemin la première fois ?*

- ❒ Il a jeté des miettes de pain sur le chemin.
- ❒ Il a semé des petits cailloux.
- ❒ Il a accroché des morceaux de tissu aux arbres.

❹ ***Pourquoi Jeannot et Margot ne retrouvent-ils pas leur chemin la deuxième fois ?***

- ❒ Les écureuils ont emporté les morceaux de tissu attachés aux arbres.
- ☒ Les oiseaux ont mangé les miettes semées par Jeannot.
- ❒ Un canard les emmène dans une mauvaise direction.

❺ ***Quel animal leur indique la maisonnette de la sorcière ?***

- ❒ Un canard.
- ❒ Un chaton.
- ☒ Un petit oiseau.

❻ ***Quelle est la particularité de la maisonnette de la sorcière ?***

- ☒ Elle est comestible.
- ❒ Elle est hantée.
- ❒ Elle abrite une princesse.

❼ ***Que veut faire la sorcière avec les deux enfants ?***

- ❒ Les utiliser pour faire le ménage.
- ☒ Les manger.
- ❒ Les adopter.

❽ ***Comment Margot se débarrasse-t-elle de la sorcière ?***

- ❒ Elle la pousse dans un lac où elle meurt noyée.
- ☒ Elle la pousse dans un four où elle meurt brûlée.
- ❒ Elle la pousse du haut d'une falaise.

❾ ***Quelle récompense les deux enfants obtiennent-ils ?***

- ☒ Des perles et des pierres précieuses.
- ❒ Une baguette magique.
- ❒ La maison de la sorcière.

Des questions pour aller plus loin

☛ Étudier la représentation de la société

Des enfants astucieux et solidaires

❶ Rappelez les deux moyens utilisés par Jeannot pour retrouver son chemin. De quelles qualités Jeannot fait-il preuve ?
❷ Quelle ruse Jeannot invente-t-il pour faire croire à la sorcière qu'il n'a pas grossi ? Cela est-il efficace ?
❸ Quel mode verbal Jeannot utilise-t-il pour parler à sa sœur dans les lignes 33 à 34, 41 à 42, 89 à 90, 124 à 125 ? En quoi cela est-il révélateur de son rôle dans le conte ?
❹ Décrivez le caractère de Margot avant leur arrivée chez la sorcière. À la fin du conte, de quelles qualités et de quel don fait-elle preuve ? Son caractère a-t-il évolué ?
❺ Comment Jeannot et Margot se conduisent-ils l'un envers l'autre ? Appuyez votre réponse sur quelques citations du texte.

Une société rurale et religieuse

❻ Dans quels lieux le conte se passe-t-il ?
❼ Quel mal s'est abattu sur le pays ? Quelles en sont les conséquences pour la famille de Jeannot et Margot ?
❽ Quelle raison Jeannot donne-t-il, à deux reprises, à sa sœur pour qu'elle ne s'inquiète pas ?
❾ Lorsque les enfants reviennent de la forêt, au début et à la fin du conte, quels sont les sentiments éprouvés par le père ? Pourquoi ?
❿ La sorcière finit brûlée vive. À quoi les flammes du four vous font-elles penser ?

⓫ Selon vous, quelle est la place de la religion dans la société décrite dans ce conte ?

Un monde de faux-semblants

⓬ Le père est-il aussi aimant qu'il le semble ? Appuyez votre réponse sur des citations du texte.
⓭ Quel prétexte la mère donne-t-elle aux enfants pour aller dans la forêt ? Comment qualifieriez-vous ce personnage ?
⓮ Quelle est la particularité de la maison de la sorcière ? Dans quel lieu merveilleux les enfants pensent-ils être arrivés ?
⓯ Quel accueil la sorcière réserve-t-elle aux deux enfants ? En quoi est-ce important pour la suite de l'histoire ?
⓰ Qu'en est-il réellement des intentions de la sorcière ? Qu'est-ce que la maison est en réalité ?

Rappelez-vous !
Dans les contes, le merveilleux est étroitement mêlé à la réalité. L'action se déroule dans des lieux réels (la forêt) comme dans des lieux extraordinaires (la maison comestible de la sorcière). La pauvreté est souvent la condition de départ du héros qui, à la fin du conte, peut acquérir des richesses fabuleuses en récompense de ses qualités. Le conte permet ainsi de porter un regard sur la société et d'en faire la critique.

De la lecture à l'écriture

Des mots pour mieux s'exprimer

❶ ***Complétez les phrases suivantes avec les mots du champ lexical de la nourriture qui conviennent :*** gourmandise, vivres, denrée, victuailles, s'alimenter.

a. La famine s'était abattue sur tout le pays, les gens manquaient de __________.

b. Le pain quotidien était très souvent leur seule __________ alimentaire.

c. En dormant dehors pendant trois jours, les enfants ont eu de grandes difficultés pour __________.

d. Les seules __________ des enfants étaient leurs deux morceaux de pain.

e. Lorsque Jeannot et Margot virent la maison de la sorcière, ils ne purent résister à la __________.

❷ ***Donnez un nom commun et un adjectif qualificatif qui correspondent à ces verbes appartenant au champ lexical de la peur :*** épouvanter, effrayer, craindre, apeurer. ***Puis employez deux noms et deux adjectifs dans des phrases expliquant leur sens.***

À vous d'écrire

❶ Dans le conte, la maison est faite de pain et le toit de gâteau. Prolongez la description extérieure et intérieure de la maison en précisant l'ingrédient utilisé pour chacune de ses parties.

Consignes. Les ingrédients doivent être appétissants. Décrivez-en l'aspect, la couleur, mais aussi le goût.

❷ La sorcière essaie d'attraper les enfants pour les manger dès leur arrivée. Racontez comment ils ont réussi à lui échapper et décrivez les sentiments de peur qu'ils ont éprouvés.

Consignes. Vous réutiliserez les mots trouvés dans l'exercice 2 de la page ci-contre.

❸ Inventez un nouvel obstacle rencontré par les enfants lors de leur retour chez eux et imaginez une nouvelle ruse qui leur permettra d'arriver sains et saufs dans leur maison.

Consignes. Vous insérerez dans votre récit un dialogue en respectant les règles de présentation du dialogue.

Du texte à l'image

Histoire des arts

➡ Affiche pour *Hänsel et Gretel*, Compagnie des marionnettes de Nantes, seconde moitié du XXe siècle.
(Image reproduite en couverture.)

Lire l'image

❶ Que pouvez-vous dire des personnages représentés au centre de l'image (position, âge, vêtement, attitude) ?
❷ En quoi le décor inscrit-il cette illustration dans l'univers du conte merveilleux ?

Comparer le texte et l'image

❸ Quels personnages du conte reconnaissez-vous au centre de l'image ?
❹ À quel épisode du conte pensez-vous que cette image fasse référence ?
❺ Le décor correspond-il à celui du conte ? Quel(s) sentiment(s) des personnages exprime-t-il ?

À vous de créer

❻ À votre tour, proposez une illustration pour le conte que vous venez de lire. Elle montrera les héros devant la maison délicieuse et accueillante de la sorcière. Vous pouvez la dessiner ou la créer à partir d'un travail de collage ou sur ordinateur.

Jean le Veinard

Quand Jean eut servi son maître pendant sept ans, il lui dit :

« Maître, mon temps est fait, je voudrais bien m'en retourner chez ma mère, donnez-moi mon salaire. »

Le maître répondit :

« Tu m'as servi fidèlement et honnêtement, tel service, tel salaire », et il lui donna un lingot d'or qui était aussi gros que la tête de Jean.

Celui-ci tira son mouchoir de sa poche, y enveloppa le lingot, le mit sur son épaule et prit le chemin du retour. Comme il cheminait[1] ainsi, mettant toujours un pied devant l'autre, il aperçut un cavalier qui, dispos[2] et joyeux, s'en venait au trot sur un cheval fringant[3].

« Ah, dit Jean à voix haute, quelle belle chose que d'aller à cheval ! On est assis comme sur une chaise, on ne se cogne pas aux pierres, on économise ses chaussures et on avance sans s'en apercevoir. »

Le cavalier, qui l'avait entendu, s'arrêta et lui cria :

« Alors nigaud, pourquoi vas-tu à pied ?

---

1. **Cheminait** : marchait sur les chemins.
2. **Dispos** : en bonne forme physique.
3. **Fringant** : de belle allure.

– Je suis bien obligé, répondit-il, j'ai là un lingot à porter chez moi ; il est vrai qu'il est en or, mais il me force à courber la tête, et puis il m'écrase l'épaule !

– J'ai une idée, dit le cavalier, nous allons faire un échange, je te donne mon cheval et tu me donnes ton lingot.

– De tout cœur, dit Jean, mais je vous en avertis, il faudra vous traîner avec. »

Le cavalier mit pied à terre, prit l'or, aida Jean à monter, lui mit les guides entre les mains et lui dit :

« Si tu veux que ça aille très vite, tu n'as qu'à claquer de la langue et à crier hop ! hop ! »

Jean fut ravi d'être sur le cheval et de trotter ainsi d'un air dégagé[1]. Au bout d'un petit moment, il lui vint à l'idée d'aller encore plus vite, il se mit à claquer de la langue et à crier hop ! hop ! Le cheval prit le galop, et sans avoir eu le temps de dire ouf, Jean se trouva désarçonné[2] et jeté dans le fossé qui séparait les champs de la grand-route. Le cheval se serait sauvé s'il n'avait pas été arrêté par un paysan qui marchait sur le chemin en poussant sa vache devant lui. Jean rassembla ses membres et se remit sur ses jambes. Mais il était mécontent et dit au paysan :

« Aller à cheval est une mauvaise plaisanterie, surtout quand on tombe sur une rosse[3] comme celle-ci qui vous secoue et vous jette par terre à vous faire rompre[4] le cou ; jamais plus je ne remonterai là-dessus. Ah ! parlez-moi de votre vache, on peut marcher tranquillement derrière et par-dessus le marché on a son lait, du beurre et du fromage

1. **Dégagé** : insouciant.
2. **Désarçonné** : éjecté de la selle.
3. **Rosse** : mauvais cheval.
4. **Rompre** : briser.

assurés tous les jours. Que ne donnerais-je pas pour une vache comme ça !

– Eh bien, si cela peut vous faire vraiment plaisir, je veux bien échanger ma vache contre votre cheval. »

Jean accepta avec joie ; le paysan enfourcha le cheval et s'en fut vivement. Jean poussa tranquillement la vache devant lui en réfléchissant à son heureux marché :

« Pourvu que j'aie un morceau de pain, et je n'en manquerai certainement pas, je pourrai manger du beurre et du fromage avec, aussi souvent qu'il me plaira ; si j'ai soif, je trairai ma vache et je boirai du lait. Mon cœur, que demandes-tu de plus ? »

Quand il arriva devant une auberge, il fit halte et dans son excès de joie, il mangea sans rien laisser tout ce qu'il avait emporté, déjeuner et dîner, puis pour ses derniers liards[1], il se fit servir un demi-verre de bière. Après quoi il continua de conduire sa vache, toujours en direction du village maternel. Plus midi approchait, plus la chaleur devenait accablante[2], et Jean se trouva dans une lande[3] où il devrait bien marcher encore une heure. Alors il eut tellement chaud que la soif lui colla la langue au palais.

« La chose[4] n'est pas sans remède, pensa Jean, je vais traire ma vache et me désaltérer avec son lait. »

Il l'attacha à un arbre mort et comme il n'avait pas de seau, il mit sous le pis sa casquette de cuir, mais en dépit de[5] tous ses efforts, pas une goutte de lait n'apparut. Et

1. **Liards** : ancienne petite monnaie de cuivre.
2. **Accablante** : insupportable.
3. **Lande** : vaste plaine sauvage.
4. **Chose** : problème.
5. **En dépit de** : malgré.

comme il s'y prenait maladroitement, la bête impatiente lui décocha[1] finalement un tel coup sur la tête avec une de ses pattes de derrière qu'il s'abattit en titubant[2] et demeura un moment sans pouvoir se rappeler où il se trouvait. Heureusement, un boucher s'en venait justement par le chemin, avec un jeune cochon dans une brouette.

« Vous en faites de belles ! » s'écria-t-il en aidant le brave Jean à se relever.

Jean lui raconta ce qui lui était arrivé. Le boucher lui tendit sa gourde et lui dit :

« Buvez un coup et remettez-vous. La vache ne peut sans doute pas donner de lait, c'est une vieille bête, bonne tout au plus pour la charrue ou l'abattoir.

– Hé, hé, dit Jean en se passant la main, dans les cheveux, qui eût dit cela ! Certes, c'est bien agréable de pouvoir abattre une bête pareille à la maison, quelle viande cela donne ! Mais je n'aime pas beaucoup la viande de bœuf, je ne la trouve pas assez succulente[3]. Dame, si l'on avait un jeune cochon comme celui-là ! Ça vous a un autre goût, sans parler des saucisses.

– Écoutez, Jean, dit alors le boucher, pour vous être agréable, je veux bien changer avec vous et vous laisser mon cochon contre votre vache.

– Dieu vous récompense de votre obligeance[4] ! » dit Jean ; il lui donna la vache, se fit délier le cochon de la brouette et mettre en main la corde qui le ficelait.

---

1. **Décocha** : donna brusquement.
2. **Il s'abattit en titubant** : il trembla sur ses jambes et s'effondra.
3. **Succulente** : savoureuse.
4. **Obligeance** : faculté à rendre service.

Jean continua son chemin en se disant que vraiment, tout tournait à souhait[1] pour lui, que s'il lui arrivait un ennui il se trouvait aussitôt réparé. Peu après, un garçon se joignit à lui, qui portait sous son bras une belle oie blanche. Ils se dirent bonjour et Jean se mit à parler de sa chance et de la façon si avantageuse dont il avait toujours fait ses marchés. Le garçon raconta qu'il allait porter son oie à un festin de baptême.

« Soulevez-la un peu, ajouta-t-il en la prenant par les ailes, voyez comme elle est lourde, mais il faut dire aussi qu'on l'a gavée[2] pendant huit semaines. Qui mordra dans le rôti devra s'essuyer la graisse des deux côtés.

– Oui, dit Jean en la soupesant[3] d'une main, elle pèse son poids, mais mon cochon n'est pas mal non plus. »

Cependant, le garçon jetait de tous côtés des regards inquiets en hochant la tête. Puis il dit :

« Écoutez, il doit y avoir quelque chose de louche avec votre cochon. Au village d'où je viens, on en a volé un dans l'étable du maire. Je crains que vous ne l'ayez là, à la main. Ils ont envoyé du monde à sa recherche, et ce serait une mauvaise affaire si on vous attrapait avec ce porc ; le moins qui puisse vous arriver, c'est d'être jeté au cachot. »

Le brave Jean fut pris de peur.

« Ah mon Dieu, dit-il, tirez-moi d'embarras[4], vous vous y connaissez mieux que moi par ici, prenez mon cochon et laissez-moi votre oie en échange.

---

1. **Tournait à souhait** : se passait comme il le souhaitait.
2. **Gavée** : nourrie de force pour qu'elle grossisse.
3. **Soupesant** : évaluant son poids.
4. **Embarras** : situation difficile.

– Cela ne va pas sans risque, répondit le garçon, mais je ne veux pas non plus qu'il vous arrive malheur par ma faute. »

Il prit donc la corde en main et emmena bien vite le cochon sur un petit chemin de traverse[1] ; quant au brave Jean, délivré de ses soucis, il partit en direction de son pays, son oie sous le bras.

« En y réfléchissant bien, se disait-il à lui-même, j'ai encore gagné au troc[2] ; d'abord le bon rôti, puis la quantité de graisse qu'il rendra, ça me donnera des tartines de graisse d'oie pour trois mois, et enfin les belles plumes blanches, j'en ferai bourrer[3] mon oreiller et là-dessus, je m'endormirai bien sans qu'on me berce. Comme ma mère va être contente ! »

Quand il eut traversé le dernier village, il vit un rémouleur[4] avec une carriole, sa roue ronronnait et il l'accompagnait en chantant :

Ciseaux, couteaux, je les repasse vivement
Et je sais voir d'où vient le vent.

Jean s'arrêta pour le regarder ; enfin, il lui adressa la parole et dit :

« Vos affaires doivent bien marcher pour que vous soyez si gai en travaillant.

– Oui, répondit le repasseur[5], ce métier-là est une mine d'or. Un vrai rémouleur est un homme qui trouve de l'argent

1. **Chemin de traverse** : petit chemin qui part de la route principale.
2. **Troc** : échange.
3. **Bourrer** : remplir.
4. **Rémouleur** : personne qui aiguise les couteaux et les instruments tranchants.
5. **Repasseur** : rémouleur.

dans sa poche chaque fois qu'il fouille dedans. Mais où avez-vous acheté cette belle oie ?

– Je ne l'ai pas achetée, mais reçue en échange de mon cochon.

– Et le cochon ?

– Je l'ai eu pour une vache.

– Et la vache ?

– Je l'ai eue pour un cheval.

– Et le cheval ?

– Je l'ai eu en échange d'un lingot d'or aussi grand que ma tête.

– Et l'or ?

– Hé, c'était mon salaire pour sept ans de service.

– Vous avez toujours su vous débrouiller, dit le rémouleur. Maintenant si vous trouvez un moyen d'entendre l'argent sauter dans vos poches quand vous vous lèverez chaque matin, votre fortune est faite.

– Et comment dois-je m'y prendre ? demanda Jean.

– Faites-vous rémouleur comme moi, il n'y faut qu'une pierre à meule[1], le reste se trouve tout seul. En voilà une, il est vrai qu'elle est un peu abîmée, mais je ne vous demanderai rien d'autre en échange que votre oie ; cela vous va ?

– Comment pouvez-vous me le demander, répondit Jean, cela fait de moi l'homme le plus heureux de la terre ; si j'ai de l'argent chaque fois que je mets la main à la poche, qu'ai-je besoin de me faire encore du souci ? »

Il lui tendit son oie et reçut la meule.

« Et maintenant, dit le rémouleur en soulevant une grosse pierre ordinaire qui se trouvait à côté de lui, voilà encore

1. **Pierre à meule** : grosse pierre servant à aiguiser et polir.

par-dessus le marché[1] une pierre solide sur laquelle vous pourrez taper et redresser vos vieux clous. Prenez-la et conservez-la soigneusement. »

Jean se chargea de la pierre et continua sa route, le cœur content ; ses yeux brillaient de joie.

« Je dois être né coiffé[2], s'écria-t-il, tout ce que je souhaite se réalise comme si j'étais un enfant du dimanche[3]. »

Cependant, comme il était sur ses jambes depuis le lever du jour, il commença de sentir la fatigue, et puis la faim le tourmentait, car dans sa joie d'avoir acquis la vache, il avait mangé toutes ses provisions d'un seul coup. Pour finir, il eut de la peine à continuer et dut s'arrêter à chaque instant ; avec cela les pierres lui pesaient d'une façon lamentable. Alors il ne put s'empêcher de penser qu'il serait bien agréable de n'avoir pas à les porter juste en ce moment. Il se traîna comme une limace jusqu'à un puits, pensant s'y reposer et se désaltérer en buvant une gorgée d'eau fraîche ; mais afin de ne pas abîmer les pierres en s'asseyant, il les posa avec précaution sur la margelle[4] du puits, à côté de lui. Puis il s'assit et voulut se pencher pour boire, mais il les heurta légèrement par inadvertance[5] et les deux pierres tombèrent lourdement au fond. Après les avoir vues de ses propres yeux s'engouffrer dans la profondeur du puits, Jean sauta de joie, puis, les larmes aux yeux, il se mit à genoux et remercia Dieu de lui avoir fait

1. **Par-dessus le marché** : en plus.
2. **Être né coiffé** : être né sous une bonne étoile, avoir de la chance.
3. **Enfant du dimanche** : enfant né le jour du Seigneur, donc considéré comme très chanceux.
4. **Margelle** : rebord.
5. **Par inadvertance** : sans faire exprès.

cette nouvelle grâce[1] et, sans qu'il eût rien à se reprocher, de l'avoir débarrassé si gentiment des lourdes pierres qui ne faisaient plus que le gêner.

« Il n'est personne d'aussi heureux que moi sous le soleil », s'écria-t-il.

Puis, le cœur léger et libre de tout fardeau, il s'en alla en gambadant[2] jusque chez sa mère.

1. **Grâce** : faveur.
2. **Gambadant** : sautillant.

Arrêt sur lecture 4

Un quiz pour commencer

Cochez les bonnes réponses.

❶ ***Quel salaire Jean obtient-il de son maître à la fin de son service ?***

- ❒ Une armure.
- ☒ Un lingot d'or.
- ❒ Des bijoux.

❷ ***Où décide-t-il de se rendre après avoir quitté son maître ?***

- ❒ Chez son épouse.
- ❒ Chez le maire du village.
- ☒ Chez sa mère.

❸ ***Pourquoi Jean désire-t-il avoir un cheval ?***

- ☒ Pour avancer sans se fatiguer.
- ❒ Pour partir à la guerre.
- ❒ Pour avoir un compagnon à qui parler.

❹ *Qu'espère Jean en faisant l'acquisition de la vache ?*

- ❒ Se faire un manteau de cuir avec la peau de la bête.
- ❒ Former un troupeau.
- ❒ Obtenir du lait et fabriquer du beurre.

❺ *Pourquoi Jean décide-t-il de ne pas emmener sa vache à l'abattoir ?*

- ❒ Parce qu'il est trop attaché à elle.
- ❒ Parce qu'il n'aime pas la viande de bœuf.
- ❒ Parce que l'abattoir est trop loin.

❻ *Que craint Jean en conservant le cochon ?*

- ❒ D'être mis au cachot pour vol.
- ❒ D'être attaqué par des brigands.
- ❒ D'être obligé de le porter tout au long du chemin.

❼ *Comment Jean perd-il les deux pierres du rémouleur ?*

- ❒ Il les perd au jeu.
- ❒ Il les oublie après avoir fait la sieste.
- ❒ Il les fait tomber dans un puits.

❽ *Pourquoi Jean est-il heureux de ne plus avoir les pierres ?*

- ❒ Parce qu'elles étaient trop lourdes à porter.
- ❒ Parce qu'elles ne valaient rien.
- ❒ Parce qu'il en a fait don à une personne dans le besoin.

Des questions pour aller plus loin

Analyser la morale du conte

Un héros pas comme les autres

❶ Au début du conte, quel est l'objectif de Jean ? Son parcours comporte-t-il des dangers ?
❷ Relevez la comparaison qui décrit le lingot d'or obtenu par Jean. Quel est son rôle dans l'histoire ?
❸ Récapitulez les différents trocs de Jean. Quels traits de caractère du personnage ces échanges mettent-ils en lumière ?
❹ De quel(s) défaut(s) Jean fait-il preuve quand il arrive à l'auberge ?
❺ Relevez plusieurs exemples de la maladresse de Jean. Cette maladresse fait-elle de Jean un héros traditionnel ? À la fin du conte, à quel animal est-il comparé ?
❻ Quel est l'état d'esprit de Jean à la fin du conte ? Que peut-on en conclure sur la personnalité de ce héros ?

Un univers de farce

❼ Quels différents métiers sont évoqués dans le texte ? Quels sont ceux qui existent toujours ?
❽ Qu'arrive-t-il à Jean avec son cheval et sa vache ? Quel effet ces situations produisent-elles sur le lecteur ?
❾ En quoi peut-on dire que le garçon portant l'oie est un bon comédien ?
❿ À la ligne 121, p. 79, Jean est pris de peur. Quel adjectif qualifie pourtant le personnage ? Donnez un synonyme et un antonyme de cet adjectif.
⓫ Parmi les personnages qui trompent Jean, lesquels profitent le plus de sa naïveté ?

Une morale inattendue

⓬ Relevez les termes appartenant au champ lexical de la chance dans le conte.

⓭ Jean est-il réellement un personnage chanceux ? Quelle est l'intention de l'auteur en l'appelant « Jean le Veinard » ?

⓮ À la fin du conte, pourquoi Jean remercie-t-il Dieu ? En quoi sa prière est-elle étonnante (p. 82-83, l. 203-206) ?

⓯ Quels sont les deux sens de l'expression « libre de tout fardeau » (p. 83, l. 209) ?

⓰ La fin du conte vous semble-t-elle une réussite ou un échec pour le héros ? Expliquez votre opinion.

Rappelez-vous !

La leçon d'un conte n'est pas toujours explicite : c'est parfois au lecteur de la formuler lui-même. Dans « Jean le Veinard », Jean est un personnage qui ne correspond pas au héros de conte traditionnel. Sans perdre sa joie ni sa bonne humeur, il évolue dans un monde réaliste où les autres personnages sont parfois sans scrupule et le dépossèdent de tout ce qu'il a.

De la lecture à l'écriture

Des mots pour mieux s'exprimer

❶ a. ***Cherchez le sens des expressions suivantes dans le dictionnaire :***

- Se mettre martel en tête.
- Mettre la charrue avant les bœufs.
- Travailler pour des prunes.
- Voir trente-six chandelles.
- Ne pas passer par quatre chemins.
- Monter sur ses grands chevaux.

b. *Employez chacune d'elles dans une phrase qui en éclairera le sens.*

❷ ***« Veinard » est un adjectif formé sur le nom « veine ». Trouvez les adjectifs appartenant à la même famille que les noms suivants issus du champ lexical de la chance :*** fortune, miracle, chance, faveur, hasard.

À vous d'écrire

❶ Imaginez que Jean décide tout de même de conserver son cochon et que le garçon portant l'oie ait dit vrai sur son origine. Jean croise sur sa route les envoyés du maire.

Consignes. Votre récit sera comique. En une vingtaine de lignes, vous devrez montrer que, même en étant perdant, Jean est content de cette nouvelle mésaventure.

❷ Imaginez le retour de Jean chez sa mère. Il lui racontera les diverses rencontres qu'il a effectuées sur son trajet. Retranscrivez le dialogue entre Jean et sa mère.

Consignes. Soignez les règles de ponctuation du dialogue qui fera une vingtaine de lignes. Les arguments de la mère de Jean devront souligner la naïveté et la crédulité du héros.

Arrêt sur l'œuvre

Des questions sur l'ensemble des contes

Un monde merveilleux

❶ Pour chaque conte, faites l'inventaire des lieux visités par le héros. Précisez ceux qui sont typiques des contes de fées.
❷ Recensez, dans chaque conte, les créatures merveilleuses, les événements surnaturels et les objets magiques présents. Lequel n'en contient pas ? Dans quel conte sont-ils les plus nombreux ?

Des apparences trompeuses

❸ Pour chaque conte, relevez les tromperies dont sont victimes les héros. En quoi ces tromperies font-elles progresser l'action ?
❹ À l'inverse, certains héros doivent employer la ruse pour surmonter des situations difficiles. Lesquels ? Résumez ces différents passages.
❺ Parmi les titres des contes de ce recueil, lequel est trompeur pour le lecteur ? Pourquoi ?

Une succession d'épreuves

❻ Comparez l'évolution des héros de chaque conte. Pour cela, faites un tableau avec trois colonnes : dans la première, indiquez la situation du héros au début du conte, dans la deuxième, le but qu'il poursuit et dans la troisième, sa situation à la fin du conte.

❼ Quels personnages les héros rencontrent-ils par hasard ? Comment ces rencontres influencent-elles leur quête ?

❽ Dans un conte, il arrive qu'une même épreuve se répète et fasse progresser l'action. Retrouvez cette épreuve dans chacun des contes.

Des leçons diverses

❾ Ces contes n'offrent pas de moralité explicite au lecteur. Selon vous, quelle morale peut-on néanmoins tirer de chacun d'eux ?

❿ Quelle morale préférez-vous et laquelle aimez-vous le moins ? Pourquoi ?

Des mots pour mieux s'exprimer

Lexique des pouvoirs magiques

Ensorcelé : soumis au pouvoir d'une sorcière.
Fée : personnage féminin doté de pouvoirs magiques et capable d'influencer la destinée humaine.
Incantation : ensemble de paroles magiques visant à opérer un sortilège.
Métamorphoser : transformer grâce à la magie.
Potion : boisson aux vertus exceptionnelles.
Prophétie : annonce d'un événement qui va se produire.
Sortilège : opération magique d'une sorcière pour nuire à quelqu'un.
Talisman : petit objet ou bijou assurant la protection de celui qui le porte.

Complétez le texte suivant à l'aide des mots du lexique des pouvoirs magiques et accordez-les correctement :

Dans les contes merveilleux, le héros est souvent confronté à des événements ou des créatures magiques. Les sorcières obtiennent ce qu'elles veulent en jetant des _ _ _ _ _ _ _ _ _ ou en prononçant des _ _ _ _ _ _ _ _ _. Certains lieux ou objets sont sous leur domination car ils sont _ _ _ _ _ _ _ _ _. Le personnage merveilleux qui s'oppose à la sorcière par ses pouvoirs bienfaisants est la _ _ _ _ _ _ _ _ _. Toutes les deux ont le pouvoir de _ _ _ _ _ _ _ _ _ les autres, généralement en animal. Elles peuvent pour cela préparer et faire boire une _ _ _ _ _ _ _ _ _.

Le destin du héros est souvent connu du lecteur dès le début du récit grâce à une _ _ _ _ _ _ _ _ _. Il arrive qu'il soit protégé dans sa quête par un _ _ _ _ _ _ _ _ _ qu'il peut porter autour du cou, par exemple.

Lexique du voyage et de l'exploration

Aller par monts et par vaux : aller à travers tout le pays.
Battre la campagne : parcourir un lieu en quête de quelque chose.
Chemin de traverse : raccourci ou petit chemin perpendiculaire à une route principale.
Cheminer : marcher sur les chemins.
Errer : se déplacer sans but.
Parcourir : aller dans toutes les parties d'un lieu.
Pénétrer : s'introduire dans un lieu plus ou moins clos (une forêt, un château...).
Pérégrinations : déplacements fréquents en des endroits lointains.
Périple : grand voyage qui peut comporter des dangers.
Sentier : chemin étroit à pratiquer à pied.
Vagabonder : se déplacer sans but, à l'aventure.

Dans les phrases suivantes, remettez dans l'ordre les lettres des mots en majuscules qui appartiennent au lexique du voyage et de l'exploration.

a. Le garçon né coiffé doit accomplir un long RÉPLPIE avant d'arriver en Enfer.

b. Avant d'arriver à la maison de la sorcière, Jeannot et Margot ont dû RERER dans la forêt.

c. Le cœur léger, Jean le Veinard peut HIRNEMEC toute la journée jusqu'à son village.

d. Les nains ont multiplié leurs NONRÉGÉPARITIS pour trouver une nouvelle source de minerai.

e. Entre la forêt et la maison des nains, il existe un ENRISET fréquenté par les bêtes sauvages.

À vous de créer

❶ *Présenter un conte sous forme informatique*

À l'aide d'Internet et du traitement de texte d'un ordinateur, créez un document qui contiendra le texte du conte, des illustrations et un paragraphe où vous ferez part de votre avis sur cette histoire. Choisissez entre « Blancheneige » et « Jeannot et Margot ».

Étape 1. Sur le site **www.contemania.com**, trouvez et copiez le texte intégral de « Blancheneige » ou de « Jeannot et Margot » (répertorié sous son autre titre « Hansel et Gretel »).
Collez-le ensuite dans un nouveau document sur traitement de texte dans une police lisible.

Étape 2. Recherchez, grâce à un moteur de recherche ou sur le site de la Bibliothèque nationale de France (**http://expositions.bnf.fr/contes**), des illustrations correspondant au récit que vous avez choisi.
Pour « Jeannot et Margot », vous trouverez davantage de propositions avec le titre original du conte : « Hansel et Gretel ».

Étape 3. Copiez les illustrations choisies et collez-les dans votre document en les plaçant au niveau des passages auxquels elles correspondent.
Sous chacune d'elles, écrivez une légende et la source de l'image.

Étape 4. À la fin du conte, rédigez un paragraphe où vous donnerez votre avis sur l'histoire et donnez-lui un titre.

❷ *Réaliser la première et la quatrième de couverture d'un conte*

Choisissez entre « Le Diable aux trois cheveux d'or » et « Jean le Veinard ».

Pour la première de couverture, créez une illustration afin d'attirer l'œil du lecteur et de représenter une scène précise et importante du conte.
Vous pouvez faire du collage, du dessin, de la peinture.

Sur la quatrième de couverture, vous écrirez un court texte qui présentera le conte et aura pour but de susciter la curiosité du lecteur.
N'oubliez pas d'indiquer le titre du conte dans une police élégante et lisible ainsi que le nom de l'auteur.

Du texte à l'image

Histoire des arts

➡ Edmund Dulac, *Les Différents Protagonistes des contes de fée*, illustration, 1910.
(Image reproduite en début d'ouvrage, au verso de la couverture.)

Lire l'image

❶ Décrivez la scène avec précision (éléments de décor, personnages, action, couleurs).
❷ Quels éléments appartiennent à l'univers du conte merveilleux ?

Comparer le texte et l'image

❸ Quels personnages pourraient appartenir aux contes de ce recueil ? Pourquoi ?

❹ Reconnaissez-vous des personnages de contes de fées ? Lesquels ?

À vous de créer

❺ Imaginez le dialogue des deux personnages situés au premier plan à gauche.

❻ Inventez une dizaine de titres de contes que les différentes scènes de cette image pourraient illustrer.

Groupements de textes

Sorcières, monstres et autres créatures merveilleuses

Homère, *L'Odyssée*

L'Odyssée **d'Homère (VIIIe s. av. J.-C.) raconte le voyage d'Ulysse depuis son départ de Troie où il s'est illustré au combat, jusqu'à son retour à Ithaque, sa patrie. Au cours de son périple, le héros traverse une multitude d'épreuves et se trouve confronté à de nombreux personnages merveilleux. Dans cet extrait, la magicienne Circé met en garde Ulysse contre deux créatures qui se trouvent sur sa route: Charybde et Scylla.**

À mi-hauteur du rocher se trouve une caverne perdue dans la brume, orientée vers le couchant, en direction de l'Érèbe[1]. C'est dans sa direction que vous devez diriger votre vaisseau profond, illustre Ulysse. Même un jeune archer qui décocherait une flèche rapide depuis son navire n'atteindrait pas la grotte creuse. C'est là que vit Scylla, aux rugissements

1. **L'Érèbe**: les enfers.

terribles. Sa voix n'est guère plus forte que celle d'une jeune lionne qui vient de naître mais c'est un monstre funeste, je te l'assure. Personne ne pourrait se réjouir de la voir, pas même un dieu qui la rencontrerait. Elle a douze jambes qui s'agitent et six cous interminables. Chaque cou est surmonté d'une tête horrible pourvue de trois rangées de dents, serrées et très nombreuses, pleines des ombres de la mort. Elle est plongée jusqu'à la taille dans la caverne creuse mais ses têtes jaillissent hors du terrible gouffre et fouillent les abords du récif pour pêcher les dauphins, les chiens de mer ou toute autre créature encore plus grande qu'elle peut attraper, parmi celles que nourrit Amphitrite[1] qui gronde. Aucun marin ne peut se vanter d'avoir échappé à Scylla sans pertes car chacune de ses têtes arrache un homme aux navires à la proue bleu marine et le fait disparaître aussitôt. L'autre rocher est moins haut, tu verras, bien qu'ils soient côte à côte et tu pourrais l'atteindre d'une flèche. À son sommet pousse un grand figuier, aux feuilles vigoureuses. En dessous, la divine Charybde engloutit les flots noirs. Trois fois par jour elle recrache l'eau et trois fois par jour elle l'engloutit. C'est terrible ! Puisses-tu ne pas te trouver là quand elle l'engloutira car même le dieu qui fait trembler la terre ne pourra te tirer du désastre.

Homère, *L'Odyssée* [VIIIe s. av. J.-C.], trad. du grec ancien par H. Tronc, Belin-Gallimard, « Classico », 2023.
© Gallimard.

Ovide, *Les Métamorphoses*

Le poète latin Ovide (43 av. J.-C.-17 ap. J.-C.) a réuni dans ses *Métamorphoses* un grand nombre de récits légendaires issus de la mythologie grecque et latine. La plupart d'entre eux relatent la transformation d'un être (dieu ou homme) en une autre créature (animal, plante ou rocher). Le récit de Pygmalion est plus original : le sculpteur tombe amoureux de la statue en ivoire qu'il a créée et

---

1. **Amphitrite** : déesse de la mer, épouse de Poséidon.

demande à Vénus, la déesse de l'amour, de lui accorder une épouse qui lui ressemble.

Le jour de la fête de Vénus que Chypre[1] tout entière célèbre avec éclat arrive. On lui sacrifie des génisses aux cornes recourbées couvertes d'or, l'encens fume de toutes parts. Alors, après avoir déposé son offrande, Pygmalion, debout devant l'autel, dit d'une voix timide :

« Ô dieux, si vous pouvez tout accorder, donnez-moi pour épouse, je vous en supplie, (il n'ose pas dire la vierge d'ivoire) une femme semblable à la vierge d'ivoire. »

Vénus qui, toute parée d'or, assiste elle-même à sa fête, comprend ce que signifie cette prière : présage[2] de sa bienveillance, la flamme se rallume trois fois et s'élève dans les airs.

De retour chez lui, l'artiste se rend auprès de la statue de la jeune fille, se penche sur le lit où il l'a étendue et lui donne un baiser. Il croit sentir que son corps est tiède. Il approche de nouveau sa bouche et pose la main sur sa poitrine. L'ivoire perd sa dureté, s'attendrit, fléchit sous les doigts et s'amollit comme le fait la cire au soleil. Pygmalion est stupéfait. Il hésite à se réjouir car il craint de se tromper. Sa main caresse et caresse encore celle qu'il désire. Oui ! Galatée est vivante ! Il sent des veines palpiter au contact de ses doigts. Alors le sculpteur remercie Vénus et lui rend grâce. Sa bouche embrasse enfin une bouche véritable. La jeune fille sent les baisers qu'il lui donne et rougit. Elle lève timidement les yeux vers la lumière et voit en même temps le ciel et celui qui l'aime. Vénus assiste à leur mariage : c'est son œuvre. Neuf lunes plus tard, la jeune épouse met au monde une fille, Paphos[3], dont l'île de Chypre aujourd'hui encore garde le nom.

Ovide, *Les Métamorphoses* [Ier s. ap. J.-C.], trad. du latin par G. Lafaye et adapt. par M. Laffon, Belin-Gallimard, « Classico », 2010.

---

1. **Chypre** : île de la Méditerranée orientale.
2. **Présage** : signe.
3. Paphos est une ville de Chypre.

Charles Perrault, « Le Maître Chat ou le Chat botté »

Charles Perrault (1628-1703) est un écrivain français qui a contribué à faire du conte un genre à la mode au XVIIe siècle. Le Chat botté est l'un de ses plus fameux personnages. Le fils d'un meunier hérite, à la mort de son père, d'un chat doté de la parole et d'une exceptionnelle intelligence. L'animal, par sa ruse, fait de son maître un marquis et obtient pour lui les faveurs du roi. Il ne lui manque qu'un château qu'il tente d'obtenir en rendant visite à un ogre.

Le maître Chat arriva enfin dans un beau Château dont le Maître était un Ogre, le plus riche qu'on ait jamais vu, car toutes les terres par où le Roi avait passé étaient de la dépendance de ce Château. Le Chat, qui eut soin de s'informer qui était cet Ogre, et ce qu'il savait faire, demanda à lui parler, disant qu'il n'avait pas voulu passer si près de son Château, sans avoir l'honneur de lui faire la révérence.

L'Ogre le reçut aussi civilement que le peut un Ogre, et le fit reposer.

« On m'a assuré, dit le Chat, que vous aviez le don de vous changer en toute sorte d'Animaux, que vous pouviez par exemple vous transformer en Lion, en Éléphant ?

– Cela est vrai, répondit l'Ogre brusquement, et pour vous le montrer, vous m'allez voir devenir Lion. »

Le Chat fut si effrayé de voir un Lion devant lui, qu'il gagna aussitôt les gouttières, non sans peine et sans péril, à cause de ses bottes qui ne valaient rien pour marcher sur les tuiles.

Quelque temps après, le Chat, ayant vu que l'Ogre avait quitté sa première forme, descendit, et avoua qu'il avait eu bien peur.

« On m'a assuré encore, dit le Chat, mais je ne saurais le croire, que vous aviez aussi le pouvoir de prendre la forme des plus petits Animaux, par exemple, de vous changer en un Rat, en une souris ; je vous avoue que je tiens cela tout à fait impossible.

– Impossible ? reprit l'Ogre, vous allez voir », et en même temps il se changea en une Souris, qui se mit à courir sur le plancher.

Le Chat ne l'eut pas plus tôt aperçue qu'il se jeta dessus, et la mangea.

Cependant, le Roi, qui vit en passant le beau Château de l'Ogre, voulut entrer dedans. Le Chat, qui entendit le bruit du Carrosse qui passait sur le pont-levis, courut au-devant, et dit au Roi :

« Votre Majesté soit la bienvenue dans le Château de Monsieur le Marquis de Carabas. [...] ».

Charles Perrault, *Contes* [1697], Belin-Gallimard, « Classico », 2014.

Hans Christian Andersen, « La Petite Sirène »

Hans Christian Andersen (1805-1875), écrivain danois, a connu un grand succès avec ses contes merveilleux. « La Petite Sirène » relate l'amour qu'éprouve une jeune et ravissante sirène pour un prince humain qu'elle a sauvé de la noyade. Décidée à abandonner le monde sous-marin pour tenter de se faire aimer du prince et gagner une âme immortelle, elle se rend chez une horrible sorcière.

Elle arriva alors à un grand espace visqueux[1] dans la forêt où s'ébattaient[2] des couleuvres d'eau, grandes et grasses, en montrant leur répugnant ventre jaunâtre. Au milieu de cet espace se dressait une maison faite de blancs ossements humains échoués : c'est là que siégeait la sorcière de la mer, qui faisait manger un crapaud dans sa propre bouche comme font les humains pour donner du sucre à un petit canari. Ces affreuses et grasses couleuvres d'eau, elle les appelait ses petits poussins et les laissait se vautrer sur sa vaste poitrine spongieuse[3].

---

1. **Visqueux** : gluant.
2. **S'ébattaient** : se déplaçaient librement.
3. **Spongieuse** : molle comme une éponge, flasque.

« Je sais bien ce que tu veux ! dit la sorcière de la mer ; c'est stupide de ta part ! Tu feras à ta volonté tout de même car elle te mettra dans le malheur, ma charmante princesse. Tu voudrais bien te débarrasser de ta queue pour avoir à la place deux moignons[1] sur lesquels marcher, comme les humains, afin que le jeune prince s'éprenne[2] de toi et que tu puisses l'obtenir, lui et une âme immortelle !... »

Ce disant, la sorcière eut un rire si bruyant et si laid que le crapaud et les couleuvres tombèrent par terre où ils se vautrèrent.

« [...] Je vais te préparer une boisson ; avant que le soleil se lève, tu vas nager jusqu'à terre et l'emporter, tu t'assoiras au bord et la boiras, alors, ta queue se divisera et se rétrécira pour donner ce que les hommes appellent de jolies jambes, mais cela fait mal, c'est comme si une épée acérée[3] te transperçait. [...] Mais rappelle-toi, dit la sorcière, dès que tu auras pris forme humaine, tu ne pourras jamais plus redevenir sirène ! Jamais tu ne pourras descendre à travers l'eau jusqu'à tes sœurs et au château de ton père, et si tu ne gagnes pas l'amour du prince, de sorte que, pour toi, il oublie père et mère, dépende de toi de toute sa pensée, et fasse que le pasteur unisse vos mains pour que vous deveniez mari et femme, alors, tu n'auras pas d'âme immortelle ! Le lendemain du jour où il en aura épousé une autre, ton cœur se brisera et tu deviendras écume sur l'eau.

– Je le veux ! dit la petite sirène, pâle comme une morte.

– Mais il faut me payer, moi aussi ! dit la sorcière, et ce que je réclame, ce n'est pas peu de chose. Tu as la plus délicieuse voix de tous ceux qui sont ici au fond de la mer, tu crois sans doute que c'est par elle que tu l'enchanteras, mais cette voix, tu vas me la donner. »

Hans Christian Andersen, « La Petite Sirène » [1835] dans *Contes de Perrault, Grimm, Andersen*, trad. par R. Boyer, Hatier, « Classiques Hatier », 2004.

1. **Moignons** : membres amputés, jambes coupées.
2. **S'éprenne** : tombe amoureux.
3. **Acérée** : pointue, coupante.

Pierre Gripari, « La Fée du robinet »

Pierre Gripari (1925-1990) s'inspire des personnages qui peuplent les contes traditionnels, mais situe l'action de ses récits dans le monde contemporain. Avec humour, il renouvelle le genre du conte merveilleux, notamment avec « La Fée du robinet » où une fée est délogée de sa source par des travaux d'approvisionnement en eau et se retrouve dans la tuyauterie d'une famille d'ouvriers.

C'était une chance pour elle, car elle aurait pu aussi bien tomber dans une chasse d'eau et, dans ce cas, au lieu de la fée du robinet, elle serait devenue la fée des cabinets. Mais par bonheur cela n'arriva pas. […]

Une fois cependant, l'aînée des filles, qui était gourmande et mal élevée, se leva, sur le coup de deux heures du matin, pour aller voler dans le frigidaire. Elle prit une cuisse de poulet, la rongea, mangea une mandarine, trempa son doigt dans un pot de confiture, le lécha, après quoi elle eut soif. Elle sortit un verre du buffet, alla au robinet, l'ouvrit… mais voilà qu'au lieu d'eau il s'échappa du robinet une toute petite bonne femme en robe mauve, avec des ailes de libellule, qui tenait à la main une baguette surmontée d'une étoile d'or. La fée (car c'était elle) se posa sur le bord de l'évier et parla d'une voix musicale :

« Bonjour, Martine.

(J'ai oublié de dire que cette fille s'appelait Martine.)

– Bonjour, Madame, répondit Martine.

– Veux-tu être gentille, Martine ? demanda la bonne fée. Donne-moi un peu de confiture. »

Martine était, comme je l'ai dit, gourmande et mal élevée. Cependant, quand elle vit que la fée était bien habillée, avec des ailes de libellule et une baguette magique, elle se dit :

« Attention ! Cette dame est une belle dame, et j'ai tout intérêt à être bien avec ! »

Aussi répondit-elle avec un sourire hypocrite :

« Mais certainement, Madame ! Tout de suite, Madame ! »

Elle prit une cuiller propre, elle la plongea dans le pot de confiture, et la tendit à la bonne fée. Celle-ci battit des ailes, voleta autour de la cuiller en y donnant quelques coups de langue, puis elle se reposa sur le buffet et dit:

« Merci Martine. En récompense de ta gentillesse, je vais te faire un don: à chaque mot que tu diras, il te sortira de la bouche une perle. »

Pierre Gripari, « La Fée du robinet » dans
La Sorcière de la rue Mouffetard et autres contes de la rue Broca [1967],
Gallimard Jeunesse, « Folio junior », 2007.
© La Table ronde.

Voyage et apprentissage

Gilgamesh

L'épopée de Gilgamesh (1300 av. J.-C.) est un récit légendaire originaire de Mésopotamie qui relate les aventures d'un des premiers héros mythologiques. Désespéré par la mort de son meilleur ami Enkidu, Gilgamesh décide de partir en quête d'un vieillard immortel, réputé pour sa profonde sagesse: Utanapishtî. Il veut obtenir de lui le secret de la vie éternelle. Mais c'est une tout autre leçon qu'Utanapishtî va lui enseigner.

« Gilgamesh, pourquoi exagérer ton désespoir? Toi que les dieux ont fait à la fois homme et dieu, toi qu'ils ont traité avec l'affection d'un père et d'une mère! Serais-tu fou Gilgamesh? L'assemblée des dieux t'a attribué un trône. À un fou, on peut faire passer du vinaigre pour du vin car il n'a ni discernement[1] ni bon sens! Mais toi, penses-y, Gilgamesh! Qu'as-tu gagné à t'angoisser et à te bouleverser ainsi? Tu t'es seulement épuisé, tes muscles sont fatigués, et l'heure de la

1. **Discernement**: capacité à distinguer le vrai du faux.

fin de ta vie est devenue plus proche ! C'est le lot de l'humanité que d'être brisée comme un roseau. Le meilleur des jeunes hommes, la meilleure des jeunes femmes, la main de la mort les prend. La mort, personne ne l'a vue, nul n'a aperçu son visage, ni entendu sa voix. La mort cruelle qui brise les hommes… Bâtissons-nous des maisons pour toujours ? Scellons-nous[1] des engagements pour toujours ? Partageons-nous un patrimoine pour toujours ? La haine s'installe-t-elle ici-bas pour toujours ? Le fleuve est-il en crue pour toujours ? Nous sommes tous comme des éphémères[2] emportés par le courant : de nos visages qui voyaient le soleil, brusquement il ne reste plus rien. Endormi, mort, c'est la même chose ! Personne n'a jamais pu représenter la mort. Pourtant, depuis ses origines, l'homme en est prisonnier. Depuis que les grands dieux, et Mammitu, la grande déesse mère, la faiseuse des destins, ont arrêté ensemble les destinées des hommes, ils nous ont imposé la mort comme la vie, nous laissant seulement ignorer le moment de notre mort. »

Gilgamesh [XIVe siècle av. J.-C.], trad. par J. Bottéro et adapt. par M. Laffon, Belin-Gallimard, « Classico », 2009.
© Gallimard.

Virgile, *L'Énéide*

L'Énéide **est une épopée en vers écrite par Virgile (70-19 av. J.-C.), un poète latin. Son héros, Énée, a quitté sa patrie détruite par les Grecs pour aller fonder une nouvelle Troie en Italie. Dans cet extrait, Énée descend aux enfers accompagné de la sibylle[3] pour retrouver son père, Anchise. Il doit affronter de nombreux obstacles et parcourir un long chemin avant de lui parler. Dès qu'Anchise voit son fils, il lui fait part de ses prophéties. Énée apprend alors ce qui l'attend et ce qu'il va accomplir.**

---

1. **Scellons-nous** : contractons-nous.
2. **Éphémères** : insectes qui ont une vie très courte, de un à quelques jours.
3. **Sibylle** : prophétesse, prêtresse d'Apollon.

« Vois d'abord ce jeune homme appuyé sur sa lance. C'est l'Albain Silvius, qui sera ton dernier fils. Lavinie, ton épouse, élèvera ce fruit tardif de ta vieillesse, ce roi, père des rois de notre race[1] qui domineront dans Albe-la-Longue.

Vois, près de son aïeul[2], se placer Romulus, fils de Mars. C'est sous les auspices[3] de ce héros que la superbe Rome étendra son empire jusqu'aux bornes[4] du monde.

Maintenant, tourne les yeux de ce côté : contemple cette nation. Ce sont les Romains ; vois, là, César et toute la postérité d'Iule[5]. [...] Avant lui, que de[6] rois, que de guerriers, que de héros auront illustré notre race ! [...] Toi, Romain, souviens-toi de soumettre le Monde à ton empire[7]. Voici tes arts, à toi : imposer les lois de la paix, épargner les vaincus, et dompter les superbes[8]. »

Ainsi parle Anchise tandis que son fils et la sybille admirent la grandeur future de Rome. Après quoi, ils errent tous les trois dans le vaste Élysée[9] en promenant partout leurs regards. Puis quand Anchise a montré toutes ces merveilles à son fils, il lui fait connaître les guerres qu'il devra livrer et comment il pourra éviter ou supporter les épreuves qui l'attendent.

Virgile, *L'Énéide* [Ier s. av. J.-C.], adapt. par M. Laporte dans *12 récits de L'Énéide* [2010], Flammarion, « Flammarion Jeunesse », 2010.
© Casterman.

---

1. **Race** : famille.
2. **Aïeul** : ancêtre.
3. **Sous les auspices** : sous le commandement.
4. **Bornes** : limites.
5. **Iule** : autre nom d'Ascagne, fils d'Énée.
6. **Que de** : un grand nombre de.
7. **Empire** : autorité.
8. **Superbes** : gens orgueilleux.
9. **Élysée** : les enfers.

Joachim du Bellay, « Heureux qui, comme Ulysse... »

Joachim du Bellay (1522-1560) écrit ce poème, publié en 1558, alors qu'il a quitté sa France natale pour travailler à Rome. Il s'y compare à Ulysse et à Jason, deux héros de la mythologie grecque qui ont accompli un long périple, l'un pour retourner à Ithaque, l'autre pour aller conquérir la toison d'or en Colchide. Chacun s'en revient rempli de nouvelles connaissances sur le monde et sur lui-même. Loin de chez lui, le poète, nostalgique, se rend compte combien sa terre natale lui manque.

Heureux qui, comme Ulysse, a fait un beau voyage,
Ou comme celui-là qui conquit la toison[1],
Et puis est retourné, plein d'usage et raison[2],
Vivre entre ses parents le reste de son âge[3] !

Quand reverrai-je, hélas, de mon petit village
Fumer la cheminée, et en quelle saison
Reverrai-je le clos de ma pauvre maison,
Qui m'est une province, et beaucoup davantage ?

Plus me plaît le séjour qu'ont bâti mes aïeux[4]
Que des palais romains le front audacieux[5],
Plus que le marbre dur me plaît l'ardoise fine,

Plus mon Loire gaulois que le Tibre[6] latin,
Plus mon petit Liré[7] que le mont Palatin[8],
Et plus que l'air marin la douceur angevine[9].

Joachim Du Bellay, « Heureux qui, comme Ulysse... »
dans *Les Regrets* [1558], Belin-Gallimard, « Classico », 2022.

---

1. **Toison** : Il s'agit de la toison d'or conquise par Jason.
2. **Plein d'usage et raison** : qui connaît les coutumes et possède un grand savoir.
3. **Âge** : vie.
4. **Aïeux** : ancêtres.
5. **Front audacieux** : façade imposante.
6. **Tibre** : fleuve qui coule à Rome.
7. **Liré** : village natal de Du Bellay.
8. **Mont Palatin** : une des sept collines de Rome.
9. **Angevine** : de la région de l'Anjou, d'où est originaire Du Bellay.

Jean de La Fontaine, « Le Rat et L'Huître »

Jean de La Fontaine (1621-1695) est un poète français principalement connu pour ses *Fables*. Composées de douze livres et destinées au Dauphin, fils de Louis XIV, les *Fables* ont pour but de divertir les lecteurs tout en les instruisant. Dans la fable *Le Rat et L'Huître*, un rat décide de parcourir le monde car il est lassé de son champ. Il apprendra à ses dépens que partir à l'aventure ne s'improvise pas.

Un Rat hôte[1] d'un champ, Rat de peu de cervelle,
Des Lares paternels[2] un jour se trouva sou[3].
Il laisse là le champ, le grain, et la javelle[4],
Va courir le pays, abandonne son trou.
Sitôt qu'il fut hors de la case[5],
Que le monde, dit-il, est grand et spacieux !
Voilà les Apennins, et voici le Caucase[6] :
La moindre taupinée[7] était mont à ses yeux.
Au bout de quelques jours, le voyageur arrive
En un certain canton[8] où Thétys[9] sur la rive
Avait laissé mainte[10] Huître ; et notre Rat d'abord
Crut voir en les voyant des vaisseaux de haut bord[11].
Certes, dit-il, mon père était un pauvre sire[12] :
Il n'osait voyager craintif au dernier point :
Pour moi, j'ai déjà vu le maritime empire :
J'ai passé les déserts, mais nous n'y bûmes point.

1. **Hôte** : habitant.
2. **Lares paternels** : âmes de ses ancêtres.
3. **Sou** : plus que rassasié.
4. **Javelle** : brassée de céréales.
5. **Case** : trou qui sert d'habitation au rat.
6. **Apennins, Caucase** : chaînes de montagnes.
7. **Taupinée** : amas de terre formé par une taupe.
8. **Canton** : partie d'un pays.
9. **Thétys** : divinité de la mer.
10. **Mainte** : plusieurs.
11. **De haut bord** : haut sur l'eau.
12. **Sire** : seigneur.

D'un certain magister[1] le Rat tenait ces choses,
Et les disait à travers champs;
N'étant pas de ces Rats qui les livres rongeant
Se font savants jusques aux dents.
Parmi tant d'Huîtres toutes closes[2],
Une s'était ouverte, et bâillant au Soleil,
Par un doux Zéphir[3] réjouie;
Humait[4] l'air, respirait, était épanouie,
Blanche, grasse, et d'un goût, à la voir, nonpareil.
D'aussi loin que le Rat voit cette Huître qui bâille:
Qu'aperçois-je? dit-il, c'est quelque victuaille;
Et, si je ne me trompe à la couleur du mets[5],
Je dois faire aujourd'hui bonne chère[6], ou jamais.
Là-dessus maître Rat plein de belle espérance,
Approche de l'écaille, allonge un peu le cou,
Se sent pris comme aux lacs[7]; car l'Huître tout d'un coup
Se referme, et voilà ce que fait l'ignorance.

Cette fable contient plus d'un enseignement.
Nous y voyons premièrement:
Que ceux qui n'ont du monde aucune expérience
Sont aux moindres objets frappés d'étonnement:
Et puis nous y pouvons apprendre,
Que tel est pris qui croyait prendre.

Jean de la Fontaine, « Le Rat et L'Huître », livre VIII, fable 9, dans *Fables (livres VIII à XII)* [1678], Gallimard, Poésie/Gallimard, 1974.

1. **Magister**: maître d'école.
2. **Closes**: fermées.
3. **Zéphir**: vent doux et agréable.
4. **Humait**: sentait.
5. **Victuaille, mets**: aliment.
6. **Bonne chère**: bon repas.
7. **Comme aux lacs**: comme dans un piège.

Lewis Carroll, *Alice au pays des merveilles*

Dans *Alice au pays des merveilles* du mathématicien et écrivain Lewis Carroll (1832-1898), le narrateur raconte l'histoire d'une jeune fille qui fait un rêve après s'être endormie au pied d'un arbre. Elle entre alors dans un monde merveilleux totalement nouveau, parfois étonnant, mais aussi inquiétant. Peu à peu, Alice va mûrir et s'affirmer dans ce pays imaginaire.

Alice se demanda si elle ne devrait pas s'aplatir le visage contre terre, comme les trois jardiniers, mais elle ne put se rappeler avoir jamais entendu dire que c'était la règle quand un cortège passait. « D'ailleurs, pensa-t-elle, à quoi servirait un cortège, si chacun devait se jeter le visage contre terre et ne pouvait pas le voir passer ? » Elle resta donc immobile à sa place, et attendit. [...]

« Comment t'appelles-tu, mon enfant?

– Je m'appelle Alice, plaise à Votre Majesté », répondit la fillette très poliment.

Mais elle ajouta en elle-même : « Après tout, ces gens-là ne sont qu'un jeu de cartes. Je n'ai pas besoin d'avoir peur d'eux. »

« Et qui sont ceux-là? » demanda la Reine, en montrant du doigt les trois jardiniers étendus autour du rosier. [...]

« Comment voulez-vous que je le sache ? » répondit Alice, surprise de son courage. « Ce n'est pas mon affaire, à moi. »

La Reine devint écarlate de fureur, puis, après avoir regardé férocement la fillette comme une bête sauvage, elle se mit à hurler :

« Qu'on lui coupe la tête ! Qu'on lui...

– Quelle bêtise ! » s'exclama Alice d'une voix forte et décidée.

La reine se tut aussitôt. Le Roi lui mit la main sur le bras en murmurant timidement :

« Réfléchissez un peu, ma chère amie : ce n'est qu'une enfant ! »

Lewis Carroll, *Alice au pays des merveilles*, [1865], trad. par J. Papy, Belin-Gallimard, « Classico », 2017.
© Pauvert.

Antoine de Saint-Exupéry, *Le Petit Prince*

Antoine de Saint-Exupéry (1900-1944), romancier et aviateur français, raconte l'histoire d'un petit prince qui abandonne son minuscule astéroïde pour visiter la galaxie et trouver un ami. De planète en planète, il rencontre des personnages tous plus étonnants les uns que les autres. Quand il arrive enfin sur Terre, il fait la connaissance d'un renard. Peut-être celui-ci pourra-t-il lui apprendre ce qu'est l'amitié ?

« Qui es-tu ? dit le petit prince. Tu es bien joli…

– Je suis un renard, dit le renard.

– Viens jouer avec moi, lui proposa le petit prince. Je suis tellement triste…

– Je ne puis jouer avec toi, dit le renard. Je ne suis pas apprivoisé.

– Ah ! Pardon », fit le petit prince.

Mais, après réflexion, il ajouta :

« Qu'est-ce que signifie "apprivoiser" ?

– Tu n'es pas d'ici, dit le renard, que cherches-tu ?

– Je cherche les hommes, dit le petit prince. Qu'est-ce que signifie "apprivoiser" ?

– Les hommes, dit le renard, ils ont des fusils et ils chassent. C'est bien gênant ! Ils élèvent aussi des poules. C'est leur seul intérêt. Tu cherches des poules ?

– Non, dit le petit prince. Je cherche des amis. Qu'est-ce que signifie "apprivoiser" ?

– C'est une chose trop oubliée, dit le renard. Ça signifie "créer des liens…".

– Créer des liens ?

– Bien sûr, dit le renard. Tu n'es encore pour moi qu'un petit garçon tout semblable à cent mille petits garçons. Et je n'ai pas besoin de toi. Et tu n'as pas besoin de moi non plus. Je ne suis pour toi qu'un renard semblable à cent mille renards. Mais si tu m'apprivoises, nous aurons besoin l'un de l'autre. Tu seras pour moi unique au monde… » […]

Le renard se tut et regarda longtemps le petit prince :

« S'il te plaît… apprivoise-moi ! dit-il.

– Je veux bien, répondit le petit prince, mais je n'ai pas beaucoup de temps. J'ai des amis à découvrir et beaucoup de choses à connaître.

– On ne connaît que les choses que l'on apprivoise, dit le renard. Les hommes n'ont plus le temps de rien connaître. Ils achètent des choses toutes faites chez les marchands. Mais comme il n'existe point de marchands d'amis, les hommes n'ont plus d'amis. Si tu veux un ami, apprivoise-moi ! »

Antoine de Saint-Exupéry, *Le Petit Prince* [1943], Gallimard, « Folio », 2010.

Léopold Sedar Senghor et Abdoulaye Sadji, *La Belle Histoire de Leuk-le-Lièvre*

La Belle Histoire de Leuk-le-Lièvre **est un conte d'Afrique noire écrit par Léopold Sedar Senghor (1906-2001) et Abdoulaye Sadji (1910-1961) dans lequel Leuk-le-Lièvre, le héros, va effectuer un long voyage pour s'instruire. Dans ce passage, il rencontre des animaux qu'il n'avait jamais vus : ses cousins, les lapins. Il les interroge et apprend ainsi que sa façon de vivre n'est pas la seule possible.**

[Leuk] continua son chemin en tirant la jambe.

Moins d'une heure après, il atteignit les premières maisons du village. Il se dirigea vers une porte et pénétra dans une vaste cour.

« Hep ! Hep ! Salut ! » lui fit une voix.

Il aperçut l'endroit d'où partait la voix. C'était comme un poulailler fait de nombreuses caisses alignées et grillagées. Il s'approcha et découvrit un groupe de lapins qui vivaient là en famille. Son étonnement fut grand. Ils avaient les mêmes longues oreilles, la même tête ronde que lui et les mêmes gros yeux. Mais tandis que lui, Leuk, avait le poil fauve[1], eux, les lapins, étaient les uns blancs, les autres tachetés de noir et de

1. **Fauve** : d'un jaune tirant sur le roux.

blanc, avec un corps plus ramassé et des pattes de derrière moins longues. L'un de ces lapins, qui était le père, dit:

«Je m'appelle N'Diombor-le-lapin, et l'on m'a souvent parlé d'un cousin qui vivait dans la brousse[1]. Je vois que ce cousin ne peut être que toi. Pourquoi ne viens-tu pas vivre comme nous chez les hommes? Ma famille et moi, tu le vois bien, nous sommes nourris et entretenus[2] comme il faut. Nous mourons de santé[3], tandis que tes os se voient à travers la peau.

– Cousin, répond Leuk, dis-moi, auparavant, ce que signifient cette cage et ce grillage.

– Mais c'est notre maison, dit N'Diombor-le-lapin.

– Est-ce que l'homme, ton maître, vous laisse sortir?

– Mais nous n'avons pas besoin de sortir, il nous apporte, ici même, ce que nous désirons.

– Et pourquoi vous nourrit-il si bien?»

N'Diombor-le-lapin ne sut que répondre.

«Ah, je comprends, dit Leuk. Vous n'êtes que des prisonniers qu'on engraisse pour les dévorer plus tard. Adieu, cousin, je préfère ma liberté et ma maigreur.»

Léopold Sedar Senghor et Abdoulaye Sadji, *La Belle Histoire de Leuk-le-Lièvre* [1953], Nouvelles Éditions Africaines du Sénégal, 1990.

---

1. **Brousse**: campagne.
2. **Entretenus**: soignés.
3. **Nous mourons de santé**: nous sommes en parfaite santé.

Autour de l'œuvre

Interview imaginaire de Jacob et Wilhelm Grimm

Vous êtes frères et vous écrivez ensemble. C'est une démarche originale. Étiez-vous déjà très proches dans votre enfance ?

Wilhelm Grimm (à gauche) (1786-1859)
Jacob Grimm (à droite) (1785-1863)

Oui, car nous n'avons qu'un an d'écart (Jacob est l'aîné, je suis un peu plus jeune), ce qui fait que nous nous connaissons vraiment bien. En Allemagne, à Hanau, nous avons grandi au sein d'une famille nombreuse et avons eu une enfance heureuse. Nous allions ensemble à l'école et étions tous deux des élèves sérieux, mais j'étais plus rêveur et d'une santé plus fragile. La mort de notre père, quand nous avions respectivement onze et dix ans, nous a rapprochés encore un peu plus. Ensuite, nous sommes entrés au lycée de Kassel, en 1798, et avons dû quitter notre mère, nos frères et nos sœurs pour la première fois. Déjà extrêmement complices, nous sommes devenus inséparables en raison de cet éloignement de l'univers familial.

⏭ *Vous avez ensuite été ensemble à l'université…*

Comme nous étions de bons élèves et que nous étions travailleurs, nos professeurs nous ont permis d'entrer prématurément à l'université. Mais pour y étudier le droit et non la littérature. Jacob y est entré en 1802 et moi en 1803. Cela nous a beaucoup ennuyés car nous préférons la littérature !

⏭ *Qu'est-ce qui vous différencie l'un de l'autre dans votre travail ?*

Nos différences nous rendent complémentaires dans notre travail. Jacob a une curiosité scientifique et moi, une connaissance très étendue de la poésie. Jacob, lui, s'intéresse particulièrement aux questions de grammaire et de vocabulaire.

⏭ *Pourquoi vous intéressez-vous aux contes populaires ? Et comment les transposez-vous à l'écrit ?*

Nous avons toujours été de grands lecteurs, en particulier de poèmes, récits et contes. Même pendant nos études de droit ou, plus tard, quand nous avons travaillé dans l'administration, nous avons toujours recherché des textes allemands rares et anciens pour les étudier. Ces recherches nous paraissent essentielles à mener à l'heure où la France occupe une partie du territoire allemand : c'est une manière pour nous de garder le contact avec nos racines. Nous nous intéressons aux contes écrits, mais aussi aux contes populaires de la tradition orale car ils risquent de disparaître. Nous nous faisons ainsi raconter plusieurs fois le même conte par une même personne et nous prenons des notes. Ensuite, tout en conservant l'aspect authentique et la simplicité de la langue populaire, nous introduisons dans les récits une unité de ton et de style.

⏭ *Est-ce vos contes qui vous ont rendus célèbres ?*

Nous sommes d'abord devenus célèbres dans les milieux savants par notre travail de recherche sur la littérature et la langue allemandes. Nous voyageons à travers toute l'Europe et collectons des textes dans les bibliothèques de Paris, de Berlin et de Vienne. Ayant appris le latin, le français et même le danois, nous traduisons aussi de nombreuses œuvres étrangères. Et nous espérons que nos contes, qui ont rencontré déjà un beau succès à leur parution, trouveront un public encore plus large...

Contexte historique et culturel

À l'époque de Jacob et Wilhelm Grimm, la société allemande est en pleine mutation politique et économique. C'est dans ce contexte instable que Jacob et Wilhelm Grimm participent à la création de l'identité allemande en sauvegardant les traditions orales des contes.

Un pays occupé et divisé

Au début du XIXe siècle, l'Allemagne est une confédération d'États placés sous le commandement de Napoléon Ier. Il n'y a pas d'unité de lois, ni de monnaie ou de coutumes communes. Chacun de ces États est autonome et leur seul point commun est d'avoir la même langue.

Après l'abdication et l'exil de Napoléon Ier en 1815, la société allemande commence à aspirer à l'unité nationale. Inspiré par la Révolution française de 1789, ce désir de démocratie et de liberté se trouve renforcé par les mouvements révolutionnaires européens de 1848.

La guerre entre la Prusse et l'Autriche, qui éclate en 1866 et se solde par une victoire prussienne, est le premier pas vers cette unité. Celle-ci se concrétise, en 1871, avec l'instauration de l'empire allemand.

Une société en pleine évolution

La révolution industrielle, avec l'arrivée des machines textiles, de la métallurgie et des machines à vapeur, entraîne de profonds changements dans la société allemande. Les petits artisans subissent la concurrence des usines qui regroupent des centaines d'ouvriers. Quant aux paysans, ils parviennent à peine à nourrir leur famille. Aussi sont-ils nombreux à quitter leurs terres pour l'usine et la ville : c'est l'exode rural.

Dans leurs contes, Jacob et Wilhelm Grimm tracent le tableau de cette société en train de disparaître, une société rurale traditionnelle où règne une grande misère.

Deux frères passionnés par leur langue maternelle

Dans ce contexte de révolutions politiques et de mutations économiques, Jacob et Wilhelm Grimm, passionnés de littérature, travaillent sans relâche sur les textes allemands. Ils se consacrent ainsi à l'étude d'œuvres littéraires, comme celles de Johann von Goethe (*Faust*), d'œuvres musicales, comme celles de Richard Wagner (*Le Vaisseau fantôme*), mais aussi d'œuvres plus populaires, comme les contes ou les légendes. Contrairement à d'autres auteurs qui réunissent les différentes versions d'une même histoire en un seul conte, la richesse des recueils de Grimm réside dans le respect des sources. En présentant plusieurs versions des contes, ils contribuent à dévoiler une identité commune au-delà des différences régionales.

Ils participent activement à la construction de l'identité allemande en utilisant la langue comme ciment principal. Ils publient ainsi plusieurs volumes d'étude sur la grammaire et le vocabulaire allemands.

Alors que la société se détourne du passé, synonyme d'anciennes méthodes de travail et de conflits multiples, Jacob et Wilhelm Grimm agissent à contre-courant en ancrant la construction de cette identité dans les traditions. Ils préservent ainsi les valeurs intemporelles représentées dans l'univers des contes.

Repères chronologiques

1789	**Révolution française.**
1804-1814	**Premier Empire.**
1806	**L'Allemagne est placée sous l'autorité de Napoléon Ier : fin du Saint-Empire romain germanique.**
1808	Johann von Goethe, *Faust* (théâtre).
1812-1815	Jacob et Willhelm Grimm, *Contes de l'enfance et du foyer*.
1815	**Défaite de Napoléon Ier à Waterloo. Congrès de Vienne.**
1818	Caspar David Friedrich, *Le Voyageur contemplant une mer de nuages* (peinture).
1829-1850	Honoré de Balzac, *La Comédie humaine* (ensemble de romans).
1835	Hans Christian Andersen, *Contes*.
1838	Début du travail des frères Grimm pour le *Dictionnaire de la langue allemande*.
1848	**Soulèvements révolutionnaires en Europe.**
1848	Jacob Grimm, *Histoire de la langue allemande* (essai).
1848-1852	**Deuxième République.**
1852-1870	**Second Empire.**
1855	Richard Wagner, *La Walkyrie* (opéra).
1862	Victor Hugo, *Les Misérables* (roman).
1866	**Victoire de la Prusse contre l'Autriche. Début de l'unité allemande.**
1870-1871	**Guerre franco-prussienne.**
1871	**Proclamation de l'Empire allemand.**

Les grands thèmes de l'œuvre

Des parcours initiatiques

Un monde cruel et violent

Dans les contes des frères Grimm, les personnages sont confrontés aux défauts de la nature humaine et aux cruautés du monde.

Dans « Blancheneige », les malheurs de la fille du roi commencent avec la mort de sa mère. Orpheline, elle se retrouve alors sans défense face à la jalousie meurtrière de sa belle-mère.

L'argent est un autre élément déclencheur de l'action. Dans « Le Diable aux trois cheveux d'or », le destin du héros bascule non seulement à cause de l'orgueil et du « cœur méchant » (p. 11, l. 11) du roi qui refuse l'accomplissement de la prophétie, mais aussi à cause de la misère : c'est la perspective d'« une grosse somme » (p. 11, l. 17) qui décide finalement les meuniers à vendre le jeune garçon. La pauvreté est également à l'origine de l'abandon de Jeannot et Margot. En effet, la marâtre pousse le bûcheron à perdre ses enfants dans la forêt parce qu'ils n'ont plus à manger pour quatre. D'ailleurs, plus que la mort de la marâtre, c'est l'accès à la richesse qui marque la fin des épreuves pour les deux enfants. Grâce aux « perles » et aux « pierres précieuses » rapportées de chez la sorcière, « tous leurs soucis prirent fin » (p. 65, l. 321).

Dans « Jean le Veinard », la question de l'argent est également au centre du conte, mais dans une perspective différente. En effet, au début du conte, le héros est riche d'un « lingot d'or » (p. 75, l. 7). Confronté à la cupidité et au manque de scrupules des inconnus qu'il croise sur sa route et qui n'hésitent pas à le tromper, il est peu à peu dépouillé de tout ce qu'il possède.

Signes de la violence du monde des adultes, les actes de cruauté sont nombreux dans les contes du recueil : abandon, tromperie, tentatives de meurtre. Dans cet univers cruel, les héros doivent lutter pour leur survie.

L'initiation du héros

En faisant l'expérience du monde des adultes, le héros accomplit son initiation. Il grandit en apprenant à surmonter les épreuves. Cette initiation est souvent brutale. Ainsi, Blancheneige est enlevée afin d'être tuée. Elle doit ensuite accepter une vie de travail et de simplicité auprès des nains. Son initiation passe par le renoncement à l'innocence (elle est mise en danger à cause de sa crédulité) et par le châtiment de sa marâtre le jour de son mariage avec le prince.

Pour chacun des héros, le passage de l'enfance à l'âge adulte est symbolisé par la traversée d'un lieu hostile dont il leur faut sortir victorieux: la forêt pour Blancheneige et Jeannot et Margot, l'enfer pour le garçon du « Diable aux cheveux d'or ».

Une morale à découvrir

Alors que les contes de Perrault s'achèvent sur une moralité explicitement énoncée, ceux des frères Grimm proposent un enseignement que le lecteur doit lui-même formuler. Dans trois des contes du recueil, la morale est facilement identifiable: il s'agit de faire triompher la bonté et l'innocence de l'enfance sur la cupidité, l'orgueil et la cruauté des adultes. En revanche, l'enseignement de « Jean le Veinard » est moins évident: Jean est-il victime de la malhonnêteté des autres ou de sa propre naïveté ? Ou encore, est-il un héros atypique que l'enrichissement matériel intéresse moins que la liberté ?

Un univers merveilleux

Des personnages et des objets magiques

Dans l'univers merveilleux des contes, la magie règne, maléfique ou bénéfique. La sorcière est un modèle de personnage maléfique. Maigre, vieille et laide dans « Jeannot et Margot », elle inspire la crainte. C'est un être trompeur qui joue sur l'apparence des choses (la maison ensorcelée dans « Jeannot et Margot ») et des êtres (les déguisements dans « Blancheneige ») pour piéger ses victimes.

Impie, c'est par le feu qu'elle expie ses fautes : le four dans « Jeannot et Margot » et les mules chauffées à blanc dans « Blancheneige ». Quelques objets magiques lui sont associés. Grâce à son fidèle miroir magique qui dit toujours la vérité, elle peut connaître le résultat de ses attaques contre Blancheneige. Par ses pouvoirs, elle rend mortels deux objets anodins : un peigne et une pomme.

L'autre personnage féminin merveilleux présent dans ces contes est la grand-mère du diable. En métamorphosant le héros en fourmi, elle va l'aider dans sa quête.

Le diable est également lié au merveilleux. Pourtant, l'accent n'est pas mis, dans « Le Diable aux cheveux d'or », sur ses pouvoirs magiques : ses cheveux d'or n'ont pas de propriétés magiques. La seule manifestation de ses pouvoirs est son omniscience, qui permet au jeune garçon de résoudre les trois énigmes liées à des objets magiques (l'arbre aux pommes d'or et la fontaine de vin).

Des complices hors du commun

Les adjuvants des héros sont le plus souvent des personnages tout à fait traditionnels des contes merveilleux. Il peut s'agir d'animaux dont l'instinct perçoit l'innocence ou les vertus des héros. Ainsi, ils épargnent Blancheneige perdue dans la forêt et se recueillent sur son cercueil. Dans « Jeannot et Margot », le caneton blanc aide les héros à traverser quand il entend le chant de la fillette.

Mais, dans les contes merveilleux, les apparences sont trompeuses et les êtres ne sont pas toujours ce qu'ils semblent. Aussi, il arrive que certains personnages, réputés cruels ou diaboliques, deviennent les complices des héros. C'est évidemment le cas de la grand-mère du diable, mais aussi des brigands de la forêt dans « Le Diable aux trois cheveux d'or ». Dans « Blancheneige », la princesse est recueillie, nourrie et sauvée à plusieurs reprises par des nains, personnages plutôt néfastes dans la littérature du Moyen Âge.

Un moteur inattendu du merveilleux : la chance

La chance est un thème essentiel et même un personnage à part entière des contes du recueil. Dans « Le Diable aux trois cheveux d'or», le garçon est né «coiffé» (p. 11, l. 7) et sa quête s'accomplit selon la prophétie énoncée à sa naissance. Comme si le héros était protégé par un talisman ou une bonne fée, tout «ne peut que tourner bien pour lui» (p. 11-12, l. 18-19).

Dans «Blancheneige», c'est aussi la chance qui libère la princesse puisque les serviteurs du prince trébuchent heureusement contre un buisson et délogent ainsi le morceau de pomme empoisonnée resté dans sa gorge.

Enfin, «Jean Le Veinard» semble à lui seul illustrer le thème de la chance comme recours inattendu dans les contes merveilleux. De façon parodique, le hasard fait bien mal les choses pour Jean qui se croit pourtant «né coiffé» (p. 82, l. 184). La chance, de même que la magie, peut ainsi venir en aide aux héros soumis aux difficultés du destin que leur impose le conte, comme elle peut leur jouer de mauvais tours. Son rôle dans l'initiation des héros peut se révéler décisif. C'est pourquoi la chance est un ressort de l'action parfois aussi important que les éléments merveilleux traditionnels du conte.

Fenêtres sur…

Des ouvrages à lire

Des contes merveilleux

• ***Les Mille et Une Nuits***, trad. du persan par A. Galland [1704-1717], Belin-Gallimard, « Classico », 2019.
Quand il découvre l'infidélité de son épouse, le sultan Schahriar la tue et décide dès lors de s'unir tous les jours à une nouvelle épouse qu'il fera exécuter dès le lendemain matin. Quand Schéhérazade l'épouse, elle entreprend la narration de récits merveilleux si passionnants que le roi diffère au lendemain son exécution pour entendre la suite de ces aventures. Nuit après nuit, Schéhérazade plonge son époux, et le lecteur avec lui, dans le charme des contes orientaux où se côtoient la lampe magique d'Aladin, Sindbad le Marin et la caverne d'Ali Baba.

• **Charles Perrault, *Contes* [1697], Belin-Gallimard, « Classico », 2014.**
Avec « Le Petit Poucet », « La Belle au bois dormant », « Le Petit Chaperon rouge » et « Le Chat botté », le lecteur pénètre dans un monde merveilleux où la magie et l'astuce viennent souvent à bout de la cruauté du monde, parfois même au service de l'amour.

• Hans Christian Andersen, *Contes* [1842], trad. du danois par R. Boyer, Gallimard, « Folio classique », 1994.
Les contes de cet auteur danois nous plongent dans un univers d'une grande beauté où la cruauté de la vie et des hommes est dépassée grâce à des voyages oniriques. Partez à la rencontre d'une pauvre petite fille vendant ses allumettes pour survivre au froid, d'une petite sirène prête à tous les sacrifices pour retrouver son beau prince humain ou encore d'un petit canard qui se sent exclu du monde.

• Pierre Gripari, *La Sorcière de la rue Mouffetard et autres contes de la rue Broca* [1980], Gallimard Jeunesse, « Folio junior », 2007.
Chez Gripari, les sorcières veulent manger la fille de l'épicier à la sauce tomate ou alors vivent dans un placard à balai, une fée est délocalisée de sa source pour finir dans un robinet et un brave géant aux chaussettes rouges veut se marier. Avec humour, ces récits mettent au goût du jour la tradition ancestrale des contes merveilleux.

Des voyages initiatiques

• *Gilgamesh* [env. 2500 av. J.-C.], adapt. de M. Laffon d'après la trad. de J. Bottéro, Belin-Gallimard, « Classico », 2009.
Considéré comme le texte le plus ancien de l'histoire de l'humanité, ce récit est une formidable épopée dont le héros part en quête de la gloire puis de l'immortalité.

• Homère, *L'Odyssée* [VIIIe s. av. J.-C.], trad. du grec ancien par H. Tronc, Belin-Gallimard, « Classico », 2023.
Après les exploits guerriers qu'il a accomplis pendant la guerre de Troie, le héros grec Ulysse prend la mer pour regagner son royaume et retrouver son épouse Pénélope. Cependant, les dieux en décident autrement et entravent son périple de tempêtes, de créatures monstrueuses et de combats sanglants. Par sa ruse et son courage, Ulysse retrouvera-t-il les siens ?

• Lewis Carroll, *Alice aux pays des merveilles* [1865], trad. de l'anglais par J. Papy, Belin-Gallimard, « Classico », 2017.
Alice, jeune fille entêtée et parfois impertinente, se retrouve au cœur du pays des merveilles où elle subit d'étranges transformations et fait

la rencontre de créatures étonnantes. Alice parviendra-t-elle à redevenir elle-même et à retrouver son monde ? Et si tout n'était qu'un rêve ?

• **Antoine de Saint-Exupéry, *Le Petit Prince* [1943], Gallimard, « Folio junior », 2007.**
Le narrateur, un aviateur, tombe en panne dans le désert. Il y rencontre un étrange petit garçon, prince d'une minuscule planète. Fort de son voyage à travers l'univers et des rencontres qu'il y a faites, il délivrera au narrateur des enseignements précieux sur l'amour et l'amitié.

Des ouvrages d'éducation

• **Jean de La Fontaine, *Fables* [1668], Belin-Gallimard, « Classico », 2012.**
Composées à l'origine pour parfaire l'éducation du fils de Louis XIV, ces fables, écrites en vers au XVIIe siècle, proposent chacune un enseignement moral par le biais d'histoires vivantes et divertissantes. Elles dépeignent une société sans pitié où les animaux dénoncent sans concession les défauts humains.

• **La Comtesse de Ségur, *Les Malheurs de Sophie* [1859], Gallimard Jeunesse, « Folio Junior », 2008.**
Curieuse, gourmande et irréfléchie, Sophie est loin d'être une petite fille modèle. Bêtise après bêtise, punition après punition, elle apprend de ses erreurs et s'en repent. Une bonne illustration de l'éducation des enfants au XIXe siècle par un auteur contemporain des frères Grimm.

Des films à voir

(Toutes les œuvres citées ci-dessous sont disponibles en DVD.)

Des adaptations de conte

• ***Peau d'Âne*, Jacques Demy, avec Jean Marais, Catherine Deneuve et Delphine Seyrig, couleur, 1970.**
Adapté du conte de Perrault, ce film musical raconte en chansons l'histoire de la princesse qui, pour fuir l'amour de son père, dut se cacher sous la peau d'un âne.

• *Le Petit Poucet*, Olivier Dahan, avec Nils Hugon, Romane Bohringer et Samy Naceri, couleur, 2001.
Ce film prend quelques libertés avec le conte de Perrault, mais recrée dans un style fantastique l'univers des contes merveilleux.

Des mondes merveilleux

• *Il était une fois...*, Kevin Lima, avec Amy Adams, Patrick Dempsey et James Marsden, couleur, 2007.
Une princesse de conte de fées est bannie de son univers en dessin animé par la méchante reine. Elle se retrouve dans un monde moderne et réel dont elle ne comprend pas du tout les codes. Un film drôle qui parodie le conte traditionnel pour dénoncer le manque de magie de notre monde.

• *Alice au pays des merveilles,* Tim Burton, avec Johnny Depp et Mia Wasikowska, couleur, 2010.
Alice est une jeune femme de 19 ans lorsqu'elle retourne dans le Pays des Merveilles qu'elle a connu enfant. Bien qu'elle n'ait gardé aucun souvenir de son précédent voyage, elle y retrouve les personnages du récit de Lewis Carroll: le Lapin Blanc, le Chapelier fou, la Chenille... Cette fois-ci, les habitants excentriques de ce pays comptent sur elle pour mettre un terme au règne de la cruelle Reine Rouge.

Des films d'animation

• *Blanche-Neige et les sept nains,* Walt Disney, 1937.
Malgré les libertés prises avec le conte des Grimm, ce film d'animation est un classique de l'adaptation des contes au cinéma.

• *Princes et Princesses*, Michel Ocelot, 1998.
Voici un très beau film d'animation en théâtre d'ombres qui réunit six courtes histoires. À travers les époques et les pays, le spectateur voyage et se laisse prendre à la beauté des images et à la finesse des scénarios et des dialogues.

Des adaptations scéniques à découvrir

(Toutes les œuvres citées ci-dessous sont disponibles en DVD.)

• ***Contes de Grimm*, Olivier Py, CNDP, 2007.**
Dans cette mise en scène très visuelle, « La Jeune Fille, le Diable et le Moulin » et « L'Eau de la vie » trouvent au théâtre un souffle inédit.

• ***Blanche-Neige*, Angelin Preljocaj, 2010.**
Sur une musique de Gustav Malher et avec des costumes de Jean-Paul Gautier, cette version dansée de « Blancheneige » nous transporte avec une grâce et une force inouïes au cœur du conte merveilleux.

Des CD à écouter

• ***Six contes de Grimm* lus par Anny Duperey, Gallimard Jeunesse, « Écoutez Lire », 2009.**

• ***Contes de Grimm : Blanche-Neige, Les Musiciens de Brême, Tom Pouce, Le Roitelet* racontés par Zabou Breitman et François Cluzet, Frémaux et Associés, 2009.**

@ Des sites Internet à consulter

• **http://expositions.bnf.fr/contes/index.htm**
Cette très belle exposition de la Bibliothèque nationale de France présente un historique du conte et un grand répertoire d'illustrations.

• **http://feeclochette.chez.com/carte.htm**
Un site très complet proposant des définitions, un aperçu des théories du genre, une bibliographie, des biographies de conteurs célèbres ainsi qu'une multitude de contes accessibles à tous.